GALAXY'S

EDGE

银河边缘

GALAXY'S
EDGE

THE
SPACE-TIME
PAINTER

银河
边缘 GALAXY'S
EDGE

009

时
空
画
师

主编

——

杨枫

新星出版社　NEW STAR PRESS

银河边缘
- 009 -
时空画师

主　　编：杨　枫
总 策 划：半　夏
执行主编：戴浩然
版权经理：姚　雪
海外推广：范轶伦
文学编辑：余曦赟
　　　　　胡怡萱　吴　垠
　　　　　田兴海　李晨旭
　　　　　大　步　刘维佳
责任编辑：施　然
监　　制：黄　艳
美术设计：冷暖儿
　　　　　张广学
封图绘制：吴　盈

Contents

目　录

THE SPACE-TIME PAINTER

by

Hai Ya

▽

时空画师

海 崖

海漄，深圳市作家协会会员，资深科幻迷，纪录片爱好者。对或然历史及怪兽题材情有独钟，作品追求在不改变真实历史的前提下，重构、解析某段时空背后的故事，以此展现历史的恢宏与个人的渺小，营造如纪录片一般的真实感和惊奇感。此前，在《银河边缘》中文版先后发表过《血灾》和《龙骸》。

《时空画师》已获得2023雨果奖最佳短中篇小说奖。

本文为《银河边缘》中文版专发篇目。

引 子

一道青白的电光猛地撕裂了浓黑如墨的夜空。瓢泼大雨下,恢宏的宫殿宛如巨兽,静卧于天地之间。

老李捶了捶酸痛的胳膊,连日的雨水让他风湿的老毛病又犯了。院里的展览计划年初便已定下,展品中将有几件自新中国成立后就鲜少露面的国宝级文物。可开展在即,这场不期而至的大雨却让空气变得湿润,给本就谨小慎微的文物保护工作平添了许多变数。如果展览因天气推迟甚至取消,那些翘首以待的观众乘兴而来,败兴而归,又该如何交代?

虽是这么忧心忡忡,但老李仍然恪尽职守,他巡视着空荡荡的展厅,一丝不苟地检查每一处设备和电源。他相信,院里那些学富五车的专家一定会为国宝从长计议,做出最周全的安排。而自己的工作,也在为文保事业贡献着绵薄之力,容不得丝毫马虎。这是他作为一个老故宫人的尊严和骄傲。

所以,当那个影子的轮廓渐渐浮现出来时,老李并没有慌乱。起初,大厅的立柱上只是出现了一块黑斑,老李以为是立柱底部朝上打光的投射灯出了问题。但那灯明明正常亮着,黑斑却如同活物一般蠕动了起来，最后竟然形成了一个图案！它慢慢站起来，活动着大小关节，发出咔嗒咔嗒的摩擦声。

从那黑影的形状来看，它像是一具骷髅，活的骷髅。

"谁?!"老李下意识地大喝一声，想把那个装神弄鬼的人轰出来，可此时展馆内除了自己开始变得粗重的呼吸声外，再无其他响动。老李眉头一跳，拧开手电将展馆内投射灯照不到的阴暗角落搜了个遍，其间，他眼角的余光一直没离开立柱上的骷髅影子。

不过老李做这份工作十多年了，偌大的展厅他每天都要走上无数遍，能不能藏得住人心里还不清楚吗？于是他放弃了自欺欺人的努力，走了回去，直面黑影，伸手摸了摸立柱。谁知这一摸，影子还真起了变化，它渐渐变淡，直至消失不见。听老一辈的守夜人说，故宫里某些宫殿确实出现过奇异的影像，而且，它们往往也出现在雷雨天。专家推测，可能是宫墙中的四氧化三铁在闪电的激发下产生了类似录像的效果，记录了当年的景象，又碰巧在合适的条件下播放了出来。莫非这个神秘莫测的影子也是那种特殊现象？老李揉了揉眼睛，犹豫着要不要把这番奇遇上报。绷紧的神经渐渐放松下来，老李转过身，准备离开展厅，却猛地倒退两步。身后的墙面上，骷髅重新出现了，而且比上次更为清晰。

啪，手电摔落在地。老李顾不得捡起，跌跌撞撞地冲出了展厅。

一

　　刚休完婚假的周宁回到警局，就接手了一起奇怪的案子。

　　要说这个案子小吧，故宫这地方有点风吹草动都是大事；可要说它大吧，却又没造成任何损失，连案子的真实性都存疑。事件的唯一目击者是一名快要退休的老院工，尽管同事们一致评价他为人老实可靠，但周宁仍然倾向于认为这只是一场乌龙。不过为了保险起见，他还是决定前往现场一探究竟。

　　周一是故宫闭馆日，周宁与馆内的安保人员联络好之后，便在夕阳西下之际，步入了这片世界上规模最大、保存最为完好的宫殿群。之所以选择这个时间，一方面是考虑闭馆日没有游客，对现场的干扰小；另一方面也是因为守夜的院工这会儿刚刚开始工作，可以在院工较为熟悉和放松的环境下尽可能再现那晚的场景。

　　周宁没等多久，那位老院工就跟在安保人员身后走了过来。他是一个五十来岁的干瘦男人，个头儿不高，头发已经有些斑白，但身子挺得笔直，目光炯炯，看起来很精神。

　　"你好，周警官，这是咱们保卫处的老李，他是从部队转业到咱们院的老职工了。"

"老李，这位是周警官。从现在起，就由他来负责处理你前几天遇上的那件怪事，你好好配合人家。"

安保人员引荐一番后便离开了，可能和局里对这件事的态度相似，故宫方面也是将信将疑的吧。

离开了熟悉的同事，老李稍显局促，低着头，不时瞟周宁一眼，一副欲言又止的样子。周宁见状，主动打开了话匣子。

"原来您还是转业军人，怪不得您的同事对您评价都很高。"

"警察同志，你都找我同事和领导聊过了？"老李也不再藏着掖着，苦笑道。

"是的。"周宁点点头。

"他们是不是觉得我在骗人？"老李声音不大，却一字一顿地，透着股固执。

"老李，你放心，院里没有不相信你的意思，只是你那晚看到的东西确实太离奇了，不像是自然现象。但如果是人为的，你肯定比我更清楚，要躲过层层安保在故宫里玩魔术，成功的可能性几乎为零。再说了，这么做有什么意义？"几句话聊下来，周宁觉得老李确实如他同事所说是个实在人，索性将自己的怀疑毫无保留地说了出来。

"是啊，我也想不通。"老李困惑地摇摇头，态度有些动摇。

两人陷入了沉默，不多时，周宁已经跟着老李巡视了数个宫殿和展厅。虽然天色已暗，但老李驾轻就熟，有条不紊地穿梭在重重叠叠的宫室和回廊中，不见一丝迟疑。两人的脚步在空荡荡的宫城内回响，不疾不徐，但在途经道路尽头的一处宫殿时，步伐的节拍被打乱了，老李微微一顿，似乎想要绕道，但最终放弃了。

"怎么了，老李?"周宁多年的刑警生涯练就了极为敏锐的观察力，哪怕是再不起眼的变化也逃不过他的眼睛。

"那天夜里，我就是在这里面看到了那个鬼影。"老李带着那种从噩梦中惊醒的人所特有的语调，幽幽地说道。

"我们进去看看吧。"周宁轻轻拍了拍老李的肩膀。

被身边这个年轻警察的沉稳所感染，老李心里踏实了不少，他点点头，和周宁一起踏入了宫殿。

因为老李出的这档子事，这座宫殿内的展厅布置工作暂时停下了，原封不动地保持了事发当晚的状态。周宁发现，因为方位和格局的原因，这座宫殿远不如之前走过的几座通透，采光和通风都不好。

而出现鬼影的展厅恰恰位于宫殿最里间，即使周宁站在展厅正中央，也隐隐有种逼仄之感。再摸摸展厅立柱和墙面，不像被涂抹过化学颜料的样子。周宁细细端详起自己的手掌，同样没发现什么异常，只是射灯将手掌的影子放大了数倍，歪歪扭扭地映在了墙面上。他缓缓移动手指，影子也随之颤动起来，倒真有一丝诡异。

周宁略一沉思，哑然失笑，真相或许就是如此简单——在晦暗难明的雷雨天，幽深闭塞的宫殿内，在某些潜意识的暗示下，孤独的守夜人将自己的影子看成了骷髅。这并不是件多么难以理解的事情。

　　虽然心里已经有了大致的推断，但为了照顾老李的情绪，周宁并没有直接挑明，又默不作声地在宫殿内转了两圈，才和老李一起退了出去。

　　走出宫殿，明月高悬，凉风习习，压抑的感觉顿时一扫而空。周宁由老李送出宫门，和负责对接的人员简单地交代了几句，结束了这次调查。临走前，周宁不经意地扫了一眼四周，好像发现了什么。

　　夜色下的北京格外静谧，在这难得不堵车的时候，周宁一反常态地选择了步行。只见他踱进一条窄巷，脚步在绕过一个拐角后骤然停住，猛地转身，摆出一个标准的擒拿姿势，把尾随者堵个正着。

　　"什么人?!"周宁厉喝一声，作势欲扑。对方措手不及，战战兢兢地靠在墙根，不敢再动。周宁此时才发现，对方竟是一名穿着白衣黑裤的清秀女孩。

　　周宁狐疑地打量起这个奇怪的跟踪者。她留着齐耳短发，戴一副镜片很厚的眼镜，实际年龄应该比看起来年轻，显得与大多数乐于展现自己青春活力的女孩儿截然不同。周宁记性极好，对人脸更是过目不忘，他有印象，在进入故宫时好像见过这张脸。既然闭馆日没有游客，那她多半是故宫的工作人员了。

如果说老李见到的鬼影不是幻觉，那会不会是这个身为内部工作人员的女孩儿搞的恶作剧？周宁脑筋转得飞快，第一时间就把女孩儿鬼鬼祟祟的行为和老李的案子联系到了一起。

看着周宁放松了戒备，女孩儿也慢慢镇定下来。她果然是为老李的案子而来，但她接下来的说辞却又大出周宁所料。女孩自我介绍叫陈雯，是故宫博物院文保科技部书画组的一名文物修复师。

故宫文物修复厂始建于1953年，靠着传统的师徒关系将文物修复技艺代代相传。时至今日，绝大多数馆藏的顶级书画已经修复完毕，对于陈雯这一代人来说，几乎不可能再等到这些国宝下次修复和装裱的那天了。他们的日常工作主要是修复那些从前在故宫随处可见的、贴在宫殿门楣上内墙上、保存极不完好的低品级书画。在日复一日与现代社会近乎脱节的工作环境下，他们的芳华岁月一点点流逝，只为将这屠龙之术传承下去，静静等待未来需要它的那天。

陈雯从美院毕业后进入故宫，已经在师父手下学习了五年有余，难得的是，她几乎从第一天起就喜欢上了这份旁人看来十分枯燥磨人的工作。几个月前的一天，她正在修复一幅原本贴在门扇上的装饰画，这幅古画历经风吹日晒，破损十分严重。在用温水将画闷润后，陈雯开始用镊子小心翼翼地在画背揭裱。随着旧裱被一点点揭开，一个奇怪的符号逐渐出现在陈雯眼前，之所以说它是个符号，是因为即使以陈雯的专业眼光，也看不出它到底是一个什么字，倒像是个跑动的小人。也许是当年的画匠随手留下的涂鸦或是印记吧，陈雯没把这太当回事，完成一天的工作后就下班回家了。

谁知第二天再看那幅画时，不可思议的事情发生了：画中的小人从画背左上角移到了画背正中，不仅位置变了，尺寸也变大了不少。陈雯起初以为是墨迹晕染或氧化霉变造成的，但昨天临走时明明已经做好了防护措施啊……她取来放大镜仔细一看，几乎不敢相信自己的眼睛——小人已经不再是简单的粗线条构成的了，在放大镜下，骨骼、关节等人体构造正秋毫必现地展示出来。这太荒谬了，古画上突然出现的人形符号，不但会动，还在缓慢地生长和发育！

又过了几天，小人的精细程度更是达到了媲美外科解剖图的程度，陈雯的精神也快崩溃了。她下定决心，找来师父。谁知师父一到，刚刚还在画背上的小人竟然消失得无影无踪。陈雯在师父的批评下百口莫辩，连她自己都开始怀疑所谓的小人只是自己长期伏案工作产生的幻觉。可就当她渐渐遗忘这件事的时候，小人突然又出现了，这次是在一张她用来打草稿的白纸上，整个纸面都被小人占满。陈雯一惊，吓得将白纸撕成了碎片。

之后，陈雯的工作和生活便恢复了平静，小人再没出现过，但她无论如何也无法将这件怪事忘诸脑后。所以，当守夜人老李在距她工作的院落不远的宫殿遭遇鬼影的事传开后，她几乎能肯定鬼影和小人就是同一个东西。也是在她的鼓励下，老李才选择了报警。陈雯知道院里没人相信老李，她自己又何尝不是呢？今天下班时偶然遇见了前来调查的周宁，她终于燃起了一丝希望，只是因为一直没能找到合适的机会，瞻前顾后之下才被周宁当成了别有用心的跟踪者。

二

本以为明了的案情再次变得扑朔迷离起来。周宁不得不承认，鬼影并不是什么幻觉，而是某种真实存在的现象。很快，他就在目击记录中发现了三个值得关注的地方：

第一，老李和陈雯目击鬼影的地方，在故宫中都属于比较偏僻的角落，两者之间也相距不远，都游离于主体建筑群之外。

第二，据两人回忆，鬼影出现时，都是雷雨天。

第三，鬼影虽然出现得毫无征兆，但都需要依附于某些物体，比如古画、纸张、墙壁。

周宁决定以此为突破口追查下去。他隐隐感觉，这并不是一起通常意义上的"案件"，至少到目前为止，没有被害人，没有嫌疑人，没有造成任何损失。如果继续沿用传统的办案手法，恐怕永远无法揭开鬼影形成的奥秘，他需要借助各方力量，其中最为紧要的便是历史和物理方面的专家。而这一切的前提则是他得拿出足够的证据，让故宫和警局方面接受鬼影存在的事实。

考虑再三，周宁还是把自己的打算跟直属领导刘局长交了底。可刘局长却认为周宁有些小题大做，只是聊胜于无地与故宫安保部门联络了一番，使周宁可以不受限制地进入故宫调查。但这时老李已经好几天没去上班了，原来是院领导担心他的精神状态，特意安排了调休。

看来陈雯的顾虑并非多余，在事情尚未明朗前，还是不要再将她牵扯进来为好。周宁明白，接下来就只能靠自己孤军奋战了。他先是收集了最近一段时间的天气预报，圈定了可能有雷雨天气发生的几天，到时他将重回现场蹲守，没准能撞见那个神秘鬼影。

为了寻找合适的监视点，周宁要来了那一片的建筑图，发现在陈雯工作的院落和出现鬼影的那座宫殿之间，竟还标注了一座建筑，可在他印象中，那个位置完全就是一片空地。提供图纸的工作人员解释说，原来那是一间专门用来存放两宋时期书画的地库，因为里面不乏国宝级文物极少开启，所以从外面根本看不出来什么。

　　既然是存放价值连城的书画地库，且又常年处于封闭状态，周宁理所当然地认为不大可能有人能潜入其中。直到这时，他仍然倾向于认为鬼影事件是人为造成的。勘察完周边环境后，周宁按照计划开始了守株待兔的工作，谁知一连几天过去，预报中的雷雨却迟迟未至。转折发生在一个下午，根据天气预报，这天本应是个晴空万里的好天气，上午也确实如此，可到了下午，天空突然暗下来。周宁打开窗户，大风猛地灌进办公室，在耳边呼呼作响。要下雨了，他当机立断，几下收好办公桌上被吹乱的文件，冲出警局，以最快的速度向故宫赶去。

　　当周宁在出现鬼影的宫殿一处屋檐下就位时，四周已经彻底黑了下来。这个蹲守点是他精心选定的，那块建有地库的空地让视线毫无遮挡，一直能看到远处陈雯和书画修复组所在的小院外墙。在警用热成像眼镜的帮助下，任何东西只要从小院和宫殿里出现，都会立即引起他的警觉。周宁披上光学迷彩，静静地潜伏起来，在空中闪过的冷冽电光下，他几乎与身后的宫殿融为一体。雨势渐大，到了下班时间，陆续有人从小院里撑伞出来，这时，警用眼镜接入了一个电话。

　　"周警官，我看到你停在外面的警车了！"电话是陈雯打来的，她大概没料到周宁会去而复返，语带兴奋地道，"你在哪儿？是不是有什么发现？"

"先不要急,眼见为实,我还需要确认一下。"周宁的话滴水不漏。

"对了,最近你还看到过那个纸上小人儿吗?身边的同事有没有什么异常表现?"周宁顿了顿,估计陈雯身边已经没有其他人了,又问道。

"大家都没什么问题,就我整天神经兮兮的。今天天气和第一次见到鬼影的那天差不多,我紧张了好久,结果什么也没有出现。"陈雯苦笑道。

"好,雨挺大的,你赶紧走吧。这事儿我一定会追查到底的。"周宁又说了几句让陈雯宽心的话,便挂断了电话。

周宁一直等到后半夜。雨已经停了,他先是检查了宫殿的各个角落,又走到小院,沿着院墙巡视了一圈。宫殿内的陈设一如往常,除了值夜的工作人员,不见有其他人来过的样子。小院则只有一道门,门锁完好无损,墙外也没有发现脚印等可疑痕迹。看来今天要无功而返了,周宁没有气馁,也不缺少耐心,但他不禁思索,会不会是自己的出现惊动了那个影子?虽然他身上的光学迷彩隐蔽性极佳,但毕竟还没到完全隐身的地步。

就在这时,异变陡生。尚未排干的雨水在那片空地上形成了许多大小不一的水洼,倒映着弯弯的残月,如同昆虫的复眼一般。一个黑影就在其中突然浮现,它吞噬了月影,在一个个水洼间跳跃,每移动一次,它的轮廓就清晰一分,渐渐变成了骷髅的样子。

老李和陈雯没有说谎！周宁热血一涌，追逐着鬼影，试图用眼镜自带的摄像功能将它记录下来，却总也赶不上它移动的速度。直到"撞"上宫殿外的一面影壁后，它才终于停了下来，像爬山虎一样，慢慢脱离水洼，从墙根处蜿蜒攀上墙壁，似乎在等待周宁追上来。片刻后，周宁赶到，却发现它的下半身已经消失了，鬼影正沿着墙面一点点没入地下，很快便无影无踪了。

尽管事后警用眼镜只拍下了几段模糊的残影，但周宁备受鼓舞，随即扩大了搜索和蹲守的范围，希望能找到鬼影出现的规律。之后的数月间，周宁又多次与鬼影正面遭遇，他很快发现，虽然鬼影每次出现的时间或长或短，对自己的反应也不尽相同，但鬼影出现的频率明显是以那块空地为中心，向外逐渐递减的。结合这段时间的观察，鬼影体现了一定的智能，周宁据此推测，它多半是受人操控的，而这个神秘的操控者，极有可能就藏匿在空地附近。真相几乎已经呼之欲出了，因为这里只有一个地方躲过了周宁的搜查，那就是存放两宋书画的地库！

周宁立即向上级请示，要求调取地库监控，却迟迟不见回复。对方是以何种方式潜入地库的？又是如何做到来去自如不被发觉的？周宁认为对方掌握了某种全新的科技手段，频繁出没的鬼影正是幕后黑手利用技术手段制造出来掩人耳目的幌子。而且对方既然可以从容进出地库，那也完全有能力带走其中的国宝，得手之后只需将其归咎于灵异事件，便可扰乱警方视线，逃之夭夭。事不宜迟，即便周宁再有耐心，也无法坐视国宝可能失窃的危险，只得冒失地闯入刘局长的办公室问个明白。

"刘局，故宫地库的监控还没调取到吗？情况已经非常紧急了……"

"够了，周宁！你不知道我磨了多少嘴皮子才把它弄来，可结果呢？我这张老脸都快被你丢尽了！"

周宁没想到刚进门便碰了个大钉子，接过刘局长抛来的存储卡，面对领导的严厉目光，他无从辩解，只得怏怏而归。

周宁深知跨部门协调的不易，也难怪一向和蔼的刘局长大动肝火。不过只要能把事情解决，挨两句骂也没什么大不了的，周宁边想着边把存储卡插入电脑中播放。可没看多久，他的眉头就皱了起来，监控呈现的画面和想象中的不太一样。难道是看漏了？他不再快进，花了几天的时间将鬼影出现前后的录像仔仔细细地看了个遍。

什么也没有发生，没有任何人或物出现。

周宁甚至产生了一种错觉，仿佛从那些书画被存放进来之日起，地库里的时间就静止了。

对手的技术竟然已经先进到了碾压警方最新光学迷彩的地步！周宁有些难以置信，但来去无踪的鬼影不正是对手在光学技术上取得突破的证明吗？

<h1 align="center">三</h1>

经过这样一番折腾，局里对周宁的说辞愈发不信任了。好在周宁是个越挫越勇的性子，当天晚上便重整旗鼓，前往故宫继续蹲守了。他在心底里暗暗较劲，不把鬼影事件查个水落石出，绝不罢休。

功夫不负有心人，此后周宁又数次目击鬼影。鬼影形成的原因仍然笼罩在一团迷雾之中。它随机出现在地库附近，预示着之前的推测不无道理。周宁单枪匹马、举步维艰地探索着真相，明明已经锁定了它的轮廓，却又无法更进一步，他渐渐开始焦躁起来。因此，当这晚再次遇见鬼影，并与它捉迷藏似的追逐了好一阵之后，周宁终于爆发了。眼看着它即将再次没入墙面，周宁抢先一步，试图阻止其逃脱。这本是他情急之下的条件反射，自然也不可能有什么效果，鬼影很快便消失不见了。

可怕的事情发生在周宁回家之后。为了不吵醒熟睡的妻子，他轻手轻脚地溜进卫生间，换下了汗湿的警服。在解开衬衣时，周宁无意中发现，自己左肩上出现了一块黑斑。可能刚刚在墙上蹭到了什么脏东西吧，他起初没太在意，但在淋浴时却发现怎么也洗不掉它。透过镜子，可以看到周围的皮肤都已经搓红了，黑斑却还像胎记一般顽强地附着在那里。周宁的心中一凛，升起一丝不祥的预感。

也许是什么皮肤病或者黑色素瘤？躺到床上，周宁辗转反侧。睡梦中的安然拉住他的手，嘴角露出幸福的笑意。还是不要吓着她了，让她睡个好觉吧。周宁放弃了让身为肿瘤外科医生的安然看看那块黑斑的想法，忐忑不安地闭上了眼睛。

到了第二天一早，周宁心中残存的最后一丝侥幸也被彻底击碎了。黑斑已经从左肩移到了右肩，熟悉的骷髅线条也越来越明显。根本不需要让安然看了，任何皮肤病或黑色素瘤都不可能在一夜间转移，他只得接受这匪夷所思的结果——自己被鬼影"附身"了。

"怎么啦，是不是哪里不舒服？可别硬撑。"看着从卫生间出来时脸色苍白的周宁，安然关心地问道。

"没事，昨晚没睡好。"周宁不知从何说起，又怕安然担心，只好随口应付。

在细心的妻子面前，周宁坐立难安，胡乱扒了两口早餐便急匆匆地出了门。无论如何，他必须先把自己身上的事儿解决了。打定主意，周宁直奔医院，在皮肤科挂了一个专家号。等候的过程中，他又摸了摸肩膀，感觉并无不适，心里有些不确定是否该来皮肤科就诊了。可事到如今，只能走一步看一步了。

接诊的是一名主任医师，他耐心地听完周宁关于病情的描述，并没有表现出很惊讶的样子。也许是因为医生接触过太多疑难杂症，早就见怪不怪了吧。周宁一边想着，一边按照要求脱掉了上衣。在他的肩膀和后背上，医生的目光停留了许久，还问有没有痛痒等症状。在得到否定的回答后，他绕着周宁转了一圈，最后问道："你刚刚说你是警察，常常外出执行任务是吗？"

"没错。"周宁点点头，不明白医生问这个有何用意。

"回去好好休息吧，注意不要熬夜。"医生说完这句便示意周宁问诊已经结束，连药都没开。

"您是说我的身体没有任何异常？"周宁好不容易转过弯来，难以置信地问道。

"你自己看看吧，根本就没有什么黑斑和骷髅。"医生找来一面镜子，把周宁的后背照给他看。

"明明早上起来时还在的！"周宁忍不住争辩道，谁知话还没说完，一阵眩晕突然袭来，让他站立不稳。医生连忙扶住他，字斟句酌地说道："实在不行的话，我建议你去精神科看看。"

"不，我的精神没有问题！"周宁使劲揉了揉太阳穴，努力想使自己清醒起来，紧接着却又看到了令他瞠目结舌的一幕：面前的医生，不知什么时候竟化作了一具活动的3D人体模型。他的皮肤就像一层透明的塑料纸，包裹着肌肉和骨骼，而更深处的内脏则若隐若现，缓缓蠕动着。稍一定神，只见医生胸口的肌肉也如动画一般渐次剥离，露出左上方跳动的心脏。心房、心室、动脉、静脉，乃至其中奔涌不息的血液……这一切都过于鲜活、精准和真实了。虽然周宁常年处理刑事案件，各色人体也见过不少，却从未有过这种触目惊心的冲击感。

"天啊。"周宁喃喃自语，奋力推开这个靠近自己的"怪物"，在对方诧异的目光中挣扎着离开了医院。

虽然每一步都走得像踩在棉花上，但周宁还是用意志强撑着，压抑住翻腾的呕吐感，他终于看到了外面的世界。

车水马龙，行人如织，尘世的喧嚣一如往日。周宁扶住自己汗津津的额头，喘息着，慢慢恢复着体力。久违的踏实感充盈在心间，缓解了头痛，自己没有疯，世界也没有疯。来不及思考原因，此时此刻，他只有劫后余生的庆幸。然而，看似稳如磐石的现实城堡却建立在流沙之上，周宁只稍稍集中了下注意力，脆弱的平衡便被打破了——

转瞬之间，无论是人还是物，他们都像是被风干压扁在玻璃下的昆虫一般，既褪去了色彩，也丧失了立体的形态。鬼影并未离去，它就潜伏在自己体内，正是它导致了这些说不清道不明的变化！周宁绝望地认清了现实，恍惚间走上了马路，愣愣地看着一个个有着精密内部构造的长方体擦身而过。啊，这是平面化的汽车！一时间，周宁竟有些好奇，如果被它们撞到会怎么样？

"眼瞎了吗？找死啊！"怒骂声传来，一个近在咫尺的长方体慌忙扭转了方向。周宁有些无奈，觉得自己正行走在一张照片中，渐渐连起码的警惕也放下了。直到背后一股巨力猛地袭来，感觉身体轻飘飘地飞了出去，他才意识到，原来，现实世界仍在有序地运转着，幻变的只是自己……

四

这是大观四年[1]一个炎热的夏日，开封通津桥旁的画学聚集了一群生徒，他们在焦虑和兴奋中互相推搡着，想挤占靠前的位置，以期尽快在皇榜上找到自己的名字。人群中不时爆发出一阵欢呼或哀叹，人与人的命运便在此走向不同的方向。他远远观望着，三年前入画学时他是年纪最小、体格最弱的一个，为此也没少被欺辱，此时又何必去凑热闹呢？

已经很久没收到太师的书信了，只怕他已顾不上自己了吧。虽然不过束发之龄，但自小寄人篱下的经历却让他格外敏

1.公元1110年，北宋时期。

感。他心里自然清楚，当日太师将自己从兄长令穰[1]府上的柴房中带出，多番打点让他提早进入画学为的是什么。还有什么比一个出生卑贱、自小病弱却又极具绘画天赋的宗室子弟，更适合当作棋子来取悦当今圣上的呢？若按计划，画学生徒的学习结束后，他就该进入翰林书画院，成为一名专职画师，供圣上差遣了。谁知自去年起，台谏官仿佛商量好了一般，纷纷开始弹劾太师。山雨欲来风满楼，先有太学生上疏列举太师十四大罪状，引得朝野震动，士人们争相抄写，作为实录；后又有御史指责太师贪婪奸恶，不轨不忠。圣上闻之，疑心顿起，遂将其降为太子少保，贬往杭州。

　　他的母亲本为奴婢，比不得兄长出身正室。加之幼时所患的离魂之症，他们母子俩早已为父亲所厌弃。好在他于画道一途天赋卓绝，能视常人所不能视之色彩、明暗、构造；又在兄长研习山水画意时偷偷旁听，师法大小李将军[2]，竟成了远近闻名的神童。三年画学生徒的学习更令他胸有丘壑，将"高远、深远、平远"的三远画理[3]融会贯通。即使不依附于太师，他也自信可凭画技一展才华，扬眉吐气。只是现在的情形，也许他连表现的资格都要被剥夺了。

1.赵令穰，北宋宗室，画家。
2.唐代画家李思训，曾任右武卫大将军，善画山水。其子李昭道，继承家学并有创新。父子并称为"大小李将军"。
3.中国山水画的特殊透视法，以仰视、俯视、平视对景物进行散点透视。

人群总算散去，走近一看，不出所料，他榜上无名。偌大的开封城，一旦失去权力的庇佑，竟是寸步难行。虽然早有预感，但当结果真切地摆在眼前时，他仍不免心灰意冷，只想从桥上跳下，一了百了。父亲死后，兄长当家，想到为自己熬瞎了双眼的母亲，想到将自己视为瘟神的兄长，他犹豫了，不甘和愤懑撕裂了他的心，只留下空荡荡的皮囊。桥下的河水静静流淌着，而他却不知该往何处去。

陈雯得知消息赶到医院时已经很晚了，手术还没结束，家属正在手术室外焦急地等待着。她刚准备过去问问病情，医生突然从手术室出来了，家属们立刻围了上去。

"重度颅脑损伤，尤其是额叶。本来打算做钻孔引流，创伤会小一点，但现在水肿面积太大，只能去骨瓣减压。另外，肯定要切除一部分脑组织了。"凌晨时分的医院格外安静，虽然隔得很远，陈雯还是听出了医生的无奈与疲惫。

"大夫，求求你救救我儿子啊！他还这么年轻……"家属中的一位老人闻言身子一晃，好在老人身边的年轻女人眼疾手快，连忙将她扶住了。

"妈，您冷静一点。大夫已经在尽力想办法了，我们要相信周宁，他会挺过来的。"

安慰完老人，扶她在一旁的椅子上坐下后，年轻女人一边拉着医生往陈雯这边走，一边小声问道："大夫，您刚刚说额叶损伤很严重，据我所知，这一区域和记忆、情绪，甚至是性格都有很大关系。"

医生有些惊讶地看着女人，似乎没想到她能说出这番话。

"我也是医生，我绝对信任您，您跟我说实话，手术的把握大不大？"女人的眼神里混杂着痛苦和坚强，看来已经做了最坏的打算。

"目前来看，把命保住应该问题不大，但即使救过来了，人肯定也和以前不一样了，你们家属要有心理准备。"

"好！人能救过来就好，拜托您了！"女人深深吸了口气，用力握了握医生的手。天有不测风云，人有旦夕祸福。对于彼此深爱的人们来说，即使对方失去了所有的记忆，甚至完全变成了另外一个人，但只要他还活着，一切就还有希望。

跟家属交代过后，医生转身进了手术室。女人和已经六神无主的几位老人解释了好一会儿，老人们终于同意先结伴回家等候消息。好不容易将事情安顿好，一直像主心骨一样的年轻女人总算卸下了坚强干练的伪装，她靠着墙面缓缓蹲了下去，从侧面看去，她双手抱膝，脸埋在手臂里，只露出一截白皙的脖颈。止不住的泪水划过手臂，滴落在地面上，她的身子微微颤抖着。

此情此景让陈雯心里实在不是滋味，表面上看周宁遭遇车祸是个不幸的意外，但她总感觉事情没那么简单。跟周宁几次接触下来，他的胆大心细给自己留下了很深的印象，怎么都不像是会莽撞横穿马路的人。她甚至怀疑，这起离奇的车祸很可能与周宁帮助自己调查的案件有关系，如果真是这样，周宁可以说是被她牵连的。愧疚之情不禁涌起，陈雯掏出纸巾，走上前去轻轻拍了拍年轻女人的肩膀。

"请问你是?"女人抬起头，双眼通红，满脸憔悴。

"我叫陈雯，是周宁负责的一起案件的当事人。他是一个很负责任的好警察，我来看看他。"

"哦，你好，我是周宁的爱人，叫安然。他一直都这样，把工作看得比什么都重要。因为这个，我没少抱怨，但现在发生了这样的事情，我只希望他能好起来。当着父母的面，我不敢表现出来，实际上我比谁都怕，我不能没有他……"也许陈雯出现得正是时候，在外人面前，安然终于不用再掩饰自己的脆弱和无助，她起身抱住陈雯，失声痛哭起来。

陈雯更加内疚了，只能尽量说些宽慰的话，让安然好受一点。时间就这样一分一秒地过去，直到天快亮时，手术的门才打开，已经疲惫不堪的安然腾地一下起身冲向医生。陈雯紧随其后。

"大夫，我爱人怎么样了?"安然抓住医生的袖子，声音又颤又哑。

"手术还算成功，颅内压暂时降下来了，转ICU气切[1]吧。

1.气管切开术，可用于丧失自主呼吸能力的颅脑损伤病人。

后续要特别注意观察脑电反应和体温，防止术后癫痫，争取让病人尽快苏醒。"

"谢谢大夫，谢谢！"听医生说完，安然和陈雯不住地给医生鞠躬道谢，悬着的心总算放下了一半。

他已在外城金耀门内的文书库当差两年了。这个冷僻的衙门主要负责存放五年以上的财赋档案，连库监也不过是个无足轻重的小官。他已然接受了命运的安排，日复一日在抄录和整理中消磨着时光，任由满腹才华被这枯燥的生活所埋没。即使听闻太师近来复起，被圣上召回再度为相的消息，他死水般的心境也未能激起一丝波澜。先是兄长，后是太师，他处处寄人篱下，始终只是毫无尊严的傀儡，他受够了这种身不由己的感觉。更何况太师的所作所为他早有耳闻，他虽自问不算君子，但尚有一身傲骨，为了一己前途谄媚奸邪的事还是免了吧。也罢，像他这种人，本就不该有所奢望的。

然而，树欲静而风不止，太师回京后竟马不停蹄地召见了他。

"拜见太师。"到了太师府，他恍如隔世，面对命运的无力感再度袭来。

"起来吧。"端坐椅中的老人正在品茶，头也不抬，慢条斯理地说道。

他缓缓站起，垂首静立，虽在动身前就已决定今后不再任这老贼摆布，但在太师多年积威之下，此时仍不免心中惶然。

"你准备一下，再过得几日，便可离开文书库了。之后为陛下作画，自有大好前途等着你。"太师终于把目光投向了他，悠然地吹散了茶盏中的热气。

听得此言，他神色中闪过一丝错愕，沉吟片刻后回道："太师好意，小子心领了。只是我的画技早已荒废，怕是无法再担重任，还请太师另寻才俊吧。"

"哦？"老人白眉一挑，面上的肃杀之气一闪而逝，随即展颜轻叹道，"无妨，你若志不在此，老夫也不强求。只是我已知会你兄长，让他好生照料你母亲，此事不成，他定要大失所望了。"

两年的蛰伏让这老狐狸收起了以往咄咄逼人的气焰，却更加工于心计了。只三言两语，他的命门便被死死捏住。后背上冷汗涔涔，他双膝一软，声若蚊蚋："太师吩咐，小人照办便是，还请不要为难我母亲。"

"这又从何说起？"老人连忙将他扶起，方才的轻慢一扫而空，满脸痛惜道，"我知你这两年心灰意冷，但我的眼光从不会错。陛下看重令穰，只因他习得一手好画，又同为宗室，陛下自然待他较旁人要亲近些。只是他仗着出身不凡，以清高自许，于我难免阳奉阴违。依我所见，你的画技绝不在令穰之下，只要觅得机会，又何愁陛下不对你另眼相看？现下正有这样一个天赐良机摆在眼前，就看你能不能抓住了！"老人宦海沉浮多年，恩威并施的手段娴熟无比，轻而易举地就击破了他内心的防线。

见他已被勾起了兴趣，老人心中暗喜，却仍不动声色地感慨道："老夫自熙宁三年中进士以来，仕途可谓顺利，至崇宁元年承蒙圣恩，更是首度为相。其间虽有贬黜，我却从未丧失信心，每每绝处逢生，你可知是为何？"

"小人不知。"他自幼与母亲寄居兄长府中相依为命。进入画学之前，柴房和花园就是他眼中的全部世界，又怎会知晓这深不可测的官场权术呢？

"哈哈！"老人自鸣得意地抚须大笑起来。当初将他收入门下，看中的就是他心思单纯，容易掌控。没想到两年过去了，他竟一点没变。只是这招闲棋如今可要派上大用场了，少不了得指点他一番。

"无他，老夫屹立朝野而不倒，靠的就是陛下独一份的荣宠！天下承平已久，陛下贵为天子，富有四海，本可纵情享乐，却受制于群臣非议。我以丰亨豫大为纲施政，深恤圣心，陛下借我之手，既可安享太平，又不必受群臣指摘，怎会真心将我罢黜？不过为堵悠悠众口，装装样子罢了。如此一来，老夫身家性命、荣华富贵皆系于陛下一身，陛下心中所想，自是我极力要去做的。"

见他似懂非懂地点点头，老人喝了口茶，又道："如今陛下即位已逾十年，意欲超越父兄基业，我又再度为相，此时若呈上一幅高头大卷[1]，将我大宋大好河山、百姓安居乐业之景绘入其中，龙心必悦，岂不美哉！"

"小人明白了，这就回去准备。"绕了半天圈子，太师总算把话挑明了，而他也无力拒绝。

"从今日起，文书库的事你就不用做了。我已命库监为你腾出一间空房充作画室，笔墨颜料已经备齐，陛下御赐的官绢不日也将送到，你务必尽快完成，切记。"

"是。"

五

"周宁的情况好些了吗？"陈雯提着饭盒走进病房，柔声问道。自从周宁出事之后，陈雯一直耿耿于怀，犹豫再三还是把前因后果跟安然说了。没想到安然不但没怪她，还宽慰她周宁因为追查案情受伤只是一种猜测而已，并没有确切的证据。再说以周宁的个性，也绝不会因为负责的案子有危险就退缩。

陈雯被安然的善良和坚强感动了，便时不时来医院探望，

1.中国传统绘画的一种装裱的形制。

一来二去两人就成了无话不谈的朋友。

"目前来看算是稳定下来了，但脑电反应还是很弱，也不知道什么时候能醒过来。"安然心疼地摸了摸病床上插着管、头戴脑电帽、已经瘦脱了形的周宁的脸。

吃过陈雯带来的快餐，两人又简单闲聊了几句，安然便絮絮叨叨地回忆起了她和周宁的相识、相知和相恋。陈雯也不觉得心烦，就这样陪她静静地坐着，任时间一点点流逝。夕阳西下，透过窗户照在安然的额头和眼角上，映出了细小的皱纹。她最好的年华已经悄然离去了，但陈雯却分明在她脸上看到了爱情与人性的光辉，她美得如同一个天使。

夜幕不知不觉降临了，沉浸在往日幸福中的安然猛地一惊，发现陈雯还默默陪在自己身边，不禁赧然。"你看我，净顾着自说自话，都忘了你还在这儿了，害你浪费了大半天，真是不好意思。"

"没事，我今天正好休假，孤家寡人的也无处可去。说实话，我好羡慕你俩，因为你们，我又开始相信爱情了。"陈雯会心一笑。

"哎呀，你怎么也会开我玩笑啦？要不是医生说多陪周宁说说话有助于他恢复，我哪儿想得起这些陈芝麻烂谷子啊。"有陈雯陪着，安然的情绪也好了许多。

"就是太辛苦你了。"陈雯感叹道。

"只要对周宁恢复有帮助，再苦再累我都不怕。不过周宁一直深度昏迷，说这么多他也不见得能听到一句，效果看起来不太好……"安然有些沮丧，但随即好像又想到了什么，"不过医生说最近会把一套新研发的脑电设备用到周宁身上，这套设备可以把图片和简单的声音通过电信号的方式直接投射到他的视觉、听觉神经上，肯定比我现在的笨办法管用。"

"那太好了！有没有什么我能帮上忙的地方？"听到这个好消息，陈雯也为安然感到高兴，连忙问道。

"嗯……医生让我这几天准备一些素材。这种新型的唤醒方式比传统手段要直接和激烈得多，用到的信息也不同于以往。最好是周宁很感兴趣但又不太熟悉的东西，这样才能最大限度地挖掘大脑的潜力，调动起他沉睡的意识，以此来促进他的苏醒。我想，解铃还须系铃人。"安然望着陈雯的眼睛，郑重地说道。

"好，这事包在我身上！"陈雯一口应承下来。安然的意思再明白不过了，她也怀疑周宁的意外和故宫的案子有关，那么与案子相关的一切不正是周宁求之不得的东西吗？

第二天下班后，陈雯就开始紧锣密鼓地收集起资料来。这起案子无论是在警局还是故宫都被当作一场闹剧，除了几个亲历者几乎没人相信，更谈不上被重视了。好在正因如此，陈雯没费多大力气就摸清了周宁最近调查的进度。对周宁调查指向地库的结果，她并不太认可，因为那里她实在太熟悉了。虽然工作后真正下到里面的次数屈指可数，但那儿可是凝结了几代书画修复工作者心血的圣地，其中保存的一件国宝正是师父年轻时，由他的师父牵头修复的。

师父在故宫待了一辈子，性子也在这凝结的时光里磨炼得如同古井一般沉静。但每每忆及当年，脸上总是情不自禁显出飞扬的神采，只有在这时，严厉而古板的师父才会亲切可爱起来。他沉浸在对过往的追思和自豪中，喋喋不休地诉说着自己的幸运，感叹那幅画举世罕见的绚烂、大气以及怅惘。陈雯总会搬条小板凳坐在师父身边，就像听爷爷讲故事的小女孩儿一样，夹杂着一丝憧憬和羡慕。古老的技艺在这一老一少间薪火相传，容颜终将老去，文化和精神却历久弥新，回荡在这座宫殿的每一处角落，永世长存。

陈雯毫不怀疑，在这个地方要藏下点什么简直难比登天。且不说布置在进出通道中的数道安防关卡，地库内部因为要保持恒温恒湿的环境，其监控系统也是极为敏感的。别说是未经许可的人了，就是飞进去一只昆虫，所造成的微扰也足以触发警报。周宁对文物保护的具体工作缺乏了解，导致他做了错误的推断，可事到如今，要想解开他的心结，地库就是一个绕不过去的话题。陈雯不可能替周宁进入地库搜查，但以她对地库的了解，要制作出一段图文并茂、使其身临其境的影像资料简直易如反掌。在现实世界中，地库从未对外开放过，但陈雯打算在周宁意识的最深处，为这个特殊的游客充当一次解说员。

说干就干，救人心切的陈雯很快就制作了一段长达数小时的视频。她从地库的用途和构造说起，又详细介绍了里面保存的文物，可谓知无不言，言无不尽。当她带着资料来到医院时，连安然都惊讶于她的效率。

"鬼影的事情暂时还没有眉目，但周宁的治疗已经拖不起了，咱们先用这个试试。"陈雯带着歉意说道。

"不要紧，这么短时间里能做成这些，你已经尽力了。"安然憔悴了不少，但态度仍然温柔得体。

很快，医生就将视频转化为了电信号。安然和陈雯紧张地手拉着手，相互支持着，为对方传递信心和勇气。在医生的示意下，安然按下了机器上一个醒目的绿色按钮，它随即发出低沉的嗡嗡声，开始了被医生称为"上传"的过程。

无边无际的混沌中，一幅壮阔绚丽的山水画卷徐徐展开，四散游离的意识猛地一挣，在行将飘散之际重新聚拢起来。

"此图为大青绿设色绢本，纵51.5厘米，横1191.5厘米，全卷大致分为五段，构图上景随步移，运用传统的散点透视法描绘了连绵的群山冈峦和浩渺的江河湖水。每段又以水面、人物、游船、渔舟、桥梁衔接呼应，多种视点穿插并用，于疏密之中讲究变化，主次分明，错落有致。在设色及技法上，以浓厚的石青、石绿为主调，在赭石、朱砂等色打底的基础上反复渲染，表现峰峦明暗；又将披麻与斧劈皴法相结合，勾勒山石纹理。水面及天空则用网巾法和湿画法，施以汁绿、花青，随类赋彩，气韵生动。整个画面富丽堂皇而又不失明快，可谓是绚烂至极，归于自然……"

缥缈如祝由吟唱般的女声弱不可闻，似有些熟悉，却又记不起是谁，远处的画卷也渐渐消散。但周宁的自我意识竟慢慢清晰起来，尽管他还很虚弱，也不知自己身在何处，但至少，他不会再浑浑噩噩地沉沦在另一个意识中不可自拔了。

"你终于醒了。"

"这是哪里？你又是谁？"

"我就是你追逐的那个影子。"

"骷髅，鬼影？"

"不错，但那只是我在你们世界的投影而已。"

这是一个梦吧。亦真亦幻间，周宁如坠云端。

谁知在混元一气的意识中并没有什么秘密可言，那个声音几无间隔地直透心灵："不必怀疑。用你们的时间尺度来说，我上一次出现已经是好几百年前的事了。我对你们很感兴趣，但时间毕竟太漫长了，即使在合适的自然条件下，在这个世界留下投影也需要一些我曾经熟悉的物件作为锚定物。好在这里竟还有我的知音，在这座宫殿里，我的画作和其他古物一起被妥善保存着。我循着它追溯而来，直到遇见了你。我尝试与你建立联系，但却害你差点丢了性命。也怪我操之过急，想当初连我自己，也花了十几年工夫才走到这一步。"

"难道你就是那个人？"周宁终于从震惊中回过味来，他记起了最脆弱的那段时间，他像寄生虫一样附着在另一个意识之上，几乎把它当成了自己的过去。

"他就是我，但我却不完全是他。准确来说，那是我放弃肉身前的样子。"

"你是什么已经不重要了，但外面还有人在等着我，你能帮我出去吗？"一定是安然，她从未离开过，为了她，自己无论如何也要回去！

"我已经寂寞太久了。你不妨陪我在记忆中回溯一阵，到时候，你自然会明白我为何而来，你又该往何处去。"

不待周宁反对，他便被一股巨力裹挟着，卷入了近千年前的记忆长河中……

六

自打他从太师府回来后，以往慵懒冷漠的库监仿佛换了一个人，围着自己忙上忙下不说，态度更是殷勤备至。院内最大的那间库房已在一夜之间搬空，打扫得焕然一新。要知道之前他也曾建议将其中积压十余年之久的旧档分门别类，挪往别处，库监却从未理会。他忐忑不安地踏入库房，只见由数张长桌拼接而成的画案置于库房中央，其上铺有一层整匹宫绢，洁白如练，以手抚之，更是柔若无物。桌角一旁，由绿宝石、孔雀石、金粉、生漆等制成的石青、石绿、泥金及各色颜料渐次摆放，可谓应有尽有。凡此种种，皆是他平日连想都不敢想的昂贵画材，由此可见，太师此番下足了本钱，圣上对他又是何其重视。

已有许久不曾提笔作画了，他一时也有些手足无措，生怕糟蹋了来之不易的宫绢和颜料。跟在身旁的库监见他愁眉不展，额角冒汗，揣摩许是他不耐炎热，竟大费周章购来冰块降温解暑。他哭笑不得，只好嘱咐昔日顶头上司暂莫打扰，只需找些寻常纸墨让他静心练习一段时间便好。库监惊觉自己会错了意，忙诚惶诚恐地退了出去。

最初的慌乱很快就过去了，毕竟这是他与生俱来的天赋。没几日，他随手练习的画稿便足可一观。太师精心挑呈几幅呈给圣上，不想圣上对画作反应平淡，却对画师颇感兴趣。太师老谋深算，转念便想通了此节。当今圣上于书画一途造诣极高，眼高于顶，自命"天下一人[1]"，又怎会轻易向一个籍籍无名的年轻人表示赞赏呢？但他想必也看出了画师稚嫩笔触下流露出的绝顶天赋，以他好为人师的秉性，自然要亲自见一见这个年轻人了。如此甚好，一力引荐之人成了天子门生，自己的

1.宋徽宗所作书画的落款，四笔写成四字，风格特异，极具辨识度。

目的岂不就达成了一半吗？

不出所料，几日之后，一纸诏书如期而至。看着少年瘦弱的背影渐渐隐没于重重宫墙之后，太师叹了口气，令人琢磨不透的老脸上罕见地露出了悲悯又寂寥的神情。惊艳绝伦的才情终归要献祭于权力，老人以为将这头怪兽喂饱便可高枕无忧，掌控一切。殊不知白云苍狗，芸芸众生皆是命运的傀儡。

"你就是那个病童？不必拘礼，多年前在令穰府上，朕曾听下人说起过你。"高居于宝殿之上的中年人仪态偶傥，五岳丰隆，自带一股王者之气，只是脸色透着病态的苍白，或许朝野议论的轻佻放纵并非穴来风。

"正是小人。"他匍匐在地，战战兢兢地抬起头。早听人说过，当今圣上还是端王时便与兄长交好，时常出入府上。自己身份卑微，兄长深以为耻，自然不会让他面见贵客，但没想到多年过去，圣上竟还记得自己。然而，中年人接下来的话很快便击碎了他的幻想。

"太师已把你的画稿呈给我看了，我自是明白他的心思。可他一味讨好，又可知朕有何深意？"皇帝似是问他，又似是自言自语，饶有兴致展开一幅卷轴，正是他所绘的群峰图。

他又怎敢轻易作答？半晌，皇帝又问道："此画未甚工[1]。

1.指画作不够精雕细琢。

你可知差在哪里？"

"太师曾说小人年岁尚轻，技法灵动有余而雄浑不足，意境灿烂却不知留白。"他老老实实地答道。

"哈哈，太师有此见解，也算当世大家。只是眼光未免短浅了些。其一，山水之作，务求可行、可望、可游、可居，而你这画群峰叠翠，却无江河人烟，如何展现得了在朕的治理下天下太平、百姓安居乐业之盛景？其二，此画诸峰并立，君臣不分，主次不明，大违纲常礼法，其罪当诛！"皇帝语带讥讽，目光森然。

"小人该死！"这两条点评，第一句也还罢了，勉强可算是画理画意之争，但这第二句才是皇帝真正想说的，可谓字字诛心。他急道："此画乃小人临摹城郊荒山所作，取景自然，未经雕琢。绝无半点不臣之心的意思！"

"哼，既是无心之失，朕便饶你一次。待你回去，好好说与太师听吧！"皇帝一挥衣袖，扬长而去。

此时他的后背已被冷汗浸湿，一股悲凉油然而生，太师利用自己来谄媚陛下，陛下又借自己来敲打太师。他就像傀儡一般被这对心怀鬼胎的君臣操控着，身不由己地做着扭曲的动作。可他也曾有过远大的抱负，他不想也不愿再被当作一个随手可弃的工具。

"你当年还真是不容易。"周宁遨游于少年的记忆长河中，鬼影少年时的秘辛毫不设防地展现在他眼前，令他感同身受。他很快想到了一个关键性的问题："后来，你画出让皇帝满意的画了吗？"

原以为鬼影是因为没有完成皇帝的命令才变成现在的样子，它却淡淡地答道："当然是完成了。"

与此同时，记忆中的少年落寞地回到了文书库。太师早已在此等候，听得少年带到的话，太师脸上阴晴不定，似有恼怒，又似有一丝畏惧。见少年一双空澈的眸子直愣愣地盯着自己，太师竟感觉自己反被戏弄，怒叱道："陛下说什么你照做便是。若再为陛下所不喜，老夫唯你是问！"将自己摘得一干二净之后，太师匆忙离去。没想到这权势滔天的弄臣也有失魂落魄的一天，他心中一阵快意，第一次感觉命运握在了自己手中。

跳出皇帝与太师貌合神离、弯弯绕绕的机锋之后，皇帝的要求对他而言并不算困难。唯一的难处在于，以往碍于条件，他从未画过如此体量的巨幅画作，这次运用自己的能力，想必要花费比以前多上数倍的时间和精神，会不会永远陷在里面，再也无法出来？他摇摇头，将这个念头赶走，事到如今，他已没什么好怕的了。决心已定，少年焚香沐浴，饮下大量清水后便把库房门窗钉死，在榻上进入了冥想状态。

在记忆的长河中，时间是个模糊不定的概念，鬼影想让它快便快，想让它慢便慢，周宁只能根据透入光线的明暗变化来推测昼夜交替。令他震惊的是，整整三天过去了，少年竟纹丝不动,好似死人一般。直到第五天,他终于幽幽醒转,脸上虽已瘦得塌陷下去,眼睛却炯炯发亮。他一跃而起,带着灼人的气场,挥毫泼墨,将自己的生命尽数燃烧在如雪的素绢之上。不多时,少年委顿于地,他挣扎着再次饮水,胡乱吞咽着事先备好的干粮,很快又沉沉"睡"去。而这次,他用了七天时间才醒转过来。如此往复,少年冥思的时间越来越长,偶尔清醒时便在素绢上忘情挥洒。终于,在一次长达十二天的沉睡苏醒后,少年为这幅鸿篇巨作画下了最后一笔。定睛一看,赫然是将周宁唤回的那幅山水长卷[1]!它已不再朦胧,山上山,水中水,行人建筑,包罗万象,灵动非凡。

随着周宁的思绪,鬼影逐一向他介绍画中之景:

"此山乃庐山。

"鸟瞰彭泽[2]而作湖沼。

"飞瀑取自仙游[3]。

"那长桥便是苏州利往桥。"

……

"没想到那时你年纪不大,却已踏遍大好河山了。"周宁由衷感叹。

1.该幅古画现藏于故宫博物院,画中景物据考证应是画家以现实中真实存在的多处景观融合而来。
2.鄱阳湖古称。
3.今福建仙游,以瀑布闻名。

"我自小体弱多病，进入画学之前，从未迈出兄长府邸一步，但这些确为我亲眼所见。"

"难道你的离魂症……"周宁一点就透，鬼影自相矛盾的说法指向了一个早已预示却仍然荒谬绝伦的可能。

"不错，离魂正是我洞悉色彩、光影，乃至穿越空间的秘诀，它不是病，而是上天赋予我的异能。用你们这个时代的话来说，意识与灵魂之所以无从窥探，正是因为它不仅仅局限在三维世界。进入离魂状态相当于意识跨入另一个高维空间，现实世界纵使相隔万里，在我眼中亦不过是袖珍盆景。"

周宁尚在怀疑，鬼影继续道："其中妙处，你在遭难之前实已感知，只是不如我得心应手，一时无法适应罢了。"

联想到车祸之前的异象，周宁终于恍然大悟。

"既然你在高低维世界中穿梭自如，现在为何又留在这儿呢？"周宁抛出了最后一个疑问。

"说来话长，且随我来吧。"鬼影黯然道。

七

不到半年，他就将这幅长卷绘成。皇帝看后果然赞不绝口，召来群臣共赏，众人万未料到此画竟是一无名小卒所绘，无不拜服，进而颂扬皆是皇帝天纵英明，调教得当才有如此神品现世。

君臣相宜，皇帝连饮数杯，乘兴将此画赐予太师，同时意味深长地嘱咐道："天下士在作之而已。"

太师立时听出了皇帝的嘉许，又有鼓励自己效犬马之劳的意思，心中一块石头总算落了地，当即叩拜谢恩。

陛下金口一开，他便是御笔亲传的天子门生了，太师顺水推舟，安排他做陛下的伴读侍从。与他想象的不同，皇帝虽有些骄奢轻浮，对待身边侍从却是十分随和。他又出身宗室，虽是旁支，但画技出众，可谓正中皇帝下怀，也因此受到格外优待，一时间风头无两。

可每当夜深人静之时，总有一种不真实感袭来。自己勤学苦练，数年之功，一朝翻身靠的竟是陛下兴之所至的一句话，如此一来，与太师之流又有何区别？他在离魂冥思之际神游物外，不但遍览名山大川，也见识了诸多民间疾苦，生生走出了一条以画醒世、心系天下的道路。自此，他一有机会便向皇帝进言，劝其体恤民间疾苦，少做劳民伤财、大兴土木之事。可惜皇帝沉迷声色犬马，对他的话置若罔闻。

一日，许是享乐过度，穷极无聊，皇帝突然命他再绘一图，言道当日他既可绘现时海内之全景，自可想象千秋万载之后的太平盛世。

这也难不倒他，他早已发现，在离魂之时，不仅能挣脱空间的束缚，连时间的界限都被打破了。以他现在的能力，千百年后的事难以一窥全貌，但看到往后百十年的光景还是不在话下。从前，他很少在时间上进行跳跃，一来这对作画并无帮助，二来若是窥测天意，难免影响当下所行，患得患失不说，时间还总是可以针对他所做的改变进行微调。就像一颗投入河中的石子，一时激起了波澜，却很快归于平静。既然徒劳无用，又何必强求？但皇命难违，他只得从命，好在陛下想必也不会将他所画内容当真，倒不至于闹出什么变故来。

"等等，这不可能！"周宁随鬼影回溯至此，忍不住提出质疑。

"有何不可？从高维世界俯瞰尘世，形如一条盘旋而上的绫罗，上下移动即为空间变换，前后移动则为时间迁移，于我而言并无分别。"

"可是，哪怕在我的时代，科学昌明，也没有发现任何未来可以被预测的证据。"

"谁说没有？进入高维世界后，除非在特殊的自然条件下，我绝少在尘世中留下投影，但我一直耐心地观察着你们。想想看，你们不是已经发现了最短时间原理了吗？"

"你是指，光在不同介质中走的是一条折线，是耗时最短的路线？"周宁已经想到了什么，但这个解释太玄乎了，他还不敢确认。

"大胆一点，离奇的事，你见得也不少了吧？"鬼影笑道。

"你是说，光在发出之前，就已经预知了未来的结果，然后才做出了行动？"

"不错。"

这一切实在和周宁长期以来的认知产生了极大的冲突，他下意识地想要反驳，却发现自己居然找不到这番理论中的破绽。

"不要再被低维的经验束缚了，这个世界，远比你想象的复杂，但若能抽身事外，你又会发现它极为简洁。"鬼影继续说道，随之轻叹一声，"你若还不信，瞧瞧我那次看到了什么吧，它已经被验证了，这便是最好的证明。"

他看到了什么？

最黑暗的未来。

他本以为天下已定，世间虽有不平之事，但总归会越来越好。谁知，仅仅十余年后，繁花盛景便化为了人间炼狱！

明知道忤逆皇帝的下场是什么，但他还是义无反顾地将触目惊心的惨象毫无隐瞒地画了出来。这次，他没有一刻休息，心中的绝望、不屈和奋勇化作熊熊怒火，催动着他以画死谏。

只一日，此画便一气呵成。他留下家书，携带墨迹未干的画作直奔皇宫。

入得内室，侍卫都认得这是陛下和太师面前的红人，虽面带难色却未加阻难，不想他恰逢其会，撞见了一场密谈。室内共有三人，陛下正襟危坐，面带犹豫；太师站在一旁，巧舌如簧；一身穿貂皮的外族汉子居于下座，神色桀骜。

想到十余年后的事情，他顿时明白了这汉子是何身份，顾不得礼数，他冲上前去，大呼道："陛下万不可听信太师之言！辽国已经疲弱不堪，金国才是我朝心腹大患，若与之结盟，待到辽国一灭，下一个就是我们了！"

在场三人，听得这一席话，均是脸色一变：这毛头小子，如何得知两国密谋结盟之事？

太师反应最快，此番金国使者面圣本就是他一手促成，可今日少年这一闹，无论金国还是陛下，恐怕都会怀疑是自己走漏了消息。他蹿上前去，一面劈头盖脸地掌掴少年，一面叫骂道："黄口小儿怎敢胡乱议政？还不快滚！"

"老贼！你祸国殃民，不得好死！"少年毫不畏惧，怒目而视，左右侍卫被他逼视，一时竟不敢上前。

"慢着。太师你休要阻拦，朕倒是好奇他还有何高论。"皇帝喝退了侍卫，看向太师，目中满是怀疑。

"陛下请看，此图乃小人奉陛下之命所作，若陛下再不铲除奸邪，励精图治，十余年后图中惨事便将在开封上演！"他深知皇帝疑心已被勾起，这是自己唯一的机会！猛地将卷轴一把展开。

"嘶……"皇帝、太师、金国使者，三人同时倒吸一口凉气。只见图中遍布尸骸饿鬼，无不狰狞可怖，远处隐现宫墙，却已是残垣断壁……

"小人愿以性命担保此《千里饿殍图》所绘之事绝无半点虚假，还望陛下迷途知返，逆转天命！"他声嘶力竭，头一下下磕在地下，直至鲜血淋漓。

"你……好大的胆子！朕的千里江山……岂容你如此诅咒！来人啊！将这狂徒押入天牢，斩立决！"忠言逆耳，皇帝气得脸色煞白，连话都哆嗦了起来。众侍卫得令，一拥而上，将少年拖走。

他早已将生死置之度外，拳脚交加下依然放声大笑，却透着莫大的绝望："报应啊！昏君，薨于北地。奸臣，葬身南蛮。可怜天下百姓，亦要为你二人陪葬！"

"是靖康之变，你没有骗我。"周宁喃喃自语道。

"从那时起，我舍弃了肉身，进入了这通晓天地奥秘的无上妙境。我不后悔，只是此间唯我茕然一人，未免太过寂寞了。不如，你便留下与我做伴？"鬼影提议道。

"不行！"周宁不假思索地反对。但稍一冷静便心底一寒：在这里，鬼影可是全知全能的，谁知道在千百年的孤寂中，它是不是已经变成了一个专横偏执的怪物呢？

"死为休息，生为役劳。死，无君于上，无臣于下，亦无四时之事，从然以天地为春秋。尘世间，千丝万缕，羁绊重重，人如蝼蚁，又是何苦呢？"鬼影倒也不急，循循善诱。

"未尝生，何尝死？《骷髅说》有云：劳我以形，苦我以生，今也幸变而之死，是反吾真也。何子之好劳而我之好逸乎[1]？我坚信，苦难并不会妨碍这个世界越变越好。"周宁思索了片刻，笃定地回应道。

"我这次现身，之所以找上你，原只是见你大胆而又好奇，没想到你的思想竟也如此通透，倒是像极了一个人。"好在鬼影并未强求，只是稍有落寞地说道。

"像谁？"周宁不解。

"他也是一名画师，除了你，我也尝试过将他拉入这个世界。但他用和你同样的理由拒绝了我。你们都是豁达乐观之人，在你们眼中，凡尘俗世亦有它的美好吧。"

"哦，是吗？"周宁哑然失笑，对那个人也愈发好奇起来。

"他生于南渡之后，距离你的时代也已经很遥远了。我的话他听得一知半解，还据此作了一幅画，徒引得世人猜测[2]。"

到了这时，周宁已经猜到鬼影，还有自己之前那个人的身份了，但为了最后确认，离开这个世界前，他还是问道："能告诉我你的名字吗？"

1.语出东汉曹植《骷髅说》，意为人活着时要努力奋斗，不因空想而虚度年华。
2.此人为南宋画家李嵩，其绘有一幅《骷髅幻戏图》，画面阴森诡异，其中深意历来众说纷纭。

"鄙姓赵，名希孟[1]。"

尾　声

安然扶着周宁散了会儿步，向病房走去。虽然CT影像显示，周宁的额叶还是缺失了一小块，但当下对大脑的研究仍然有限，它的代偿功能有时甚至超出人们的想象。不管怎么说，历经苏醒、意识模糊、镇静、移除呼吸机等一轮轮危险，周宁终于挺过来了。

他还是以前那个周宁吗？安然经常这样问自己。表面上，他温柔细致、乐观上进，一如从前，连过往记忆都分毫不差；但内在里，安然总感觉他和以前有些不一样了。

"放心吧，我还是那个我。出了这么大的事，就不许我变深沉些吗？"周宁仿佛看透了安然心中所想，打趣道。

"往后的日子还会有许多艰难险阻，但它们永远无法打

1.皇帝将主人公所画山水画赐给了权臣，权臣在跋文称画家为"希孟"。自清代梁清标起，其被称为"王希孟"，梁为当时收藏大家，或许在其他资料上得知了画家姓氏为"王"，但该说法仅为孤证，并未得到普遍认可。本文参考另一说法，即画家为北宋宗室子弟，跋文不提姓氏实为避讳。

倒我们。相信我，亲爱的。"周宁揽住安然的肩膀，与她四目相对。

"我相信你。"安然心底突然就踏实了，在这个男人身边，自己从来不缺少安全感。

病房里，两人老熟人已经等了好一会儿了，陈雯和刘局长，他们都是来看周宁的。半年不见，陈雯换了发型，戴上了隐形眼镜，衣着也时尚了许多，看起来像个刚毕业的大学生。在安然和她的奔走下，一位曾经和周宁共同破获"血滴子"一案并借此进入相关机构的朋友胡炎[1]介入了调查，鬼影事件最终引起了上面的重视。也许是因为第一次距生离死别如此之近，这段日子里，陈雯对自己未来的路产生了怀疑。

"还记得你当初为什么选择故宫吗?"周宁突然问陈雯。

"我喜欢身处古建筑群中的沉静时光，用师父的话说，我耐得住寂寞。"周宁的问题，将陈雯的迷茫引回了本心，也许，那就是最适合自己的地方。

"我敢肯定，在不久的将来，你一定会得到一个修复顶级书画的机会。这门技艺不但将由你传承，还会在你手中发扬光大。"

开导完陈雯，周宁又向老领导问了好。刘局长却有些局

1.此人为主人公死党，曾在《银河边缘004：多面AI》发表的《血灾》一文中帮助周宁破案。

促，毕竟鬼影事件一开始他并未给予足够重视，而现在，他还带来了一个不知如何跟周宁开口的消息。

"刘局，我要离开警局了，感谢你一直以来的照顾，我人不在了，但我的心永远和局里的弟兄们在一起。"周宁真诚地说道。

"这……"刘局长有些诧异，自己还没通知的消息，怎么周宁就已经知道了？一时不知如何作答。

"老朋友马上就到，我又得忙起来了。"周宁面带笑意，自言自语道。

话音未落，病房门被推开，闪进来一个圆滚滚的胖子，正是曾经帮周宁破过"血滴子"案的野生历史学家胡炎。

"你还能动弹不？"胡炎一脸戏谑地问道。

"老哥我好得很！"周宁答道。

"好，那今后你就是我们AIB[1]的人了。"

两人相视一笑，默契地击了下掌。

---

1. Abnormal Incident Bureau，异常事件局。

STAR LIGHT, STAR BRIGHT

by

Robert J. Sawyer

▽

星星闪，星星亮

[加]罗伯特·J.索耶 著 / 熊月剑 译

罗伯特·J.索耶，是雨果奖、星云奖、加拿大极光奖、西班牙UPC科幻小说奖和日本星云赏等众多国际科幻奖项的获得者。他被誉为加拿大"科幻教父"，代表作包括《金羊毛》《终极实验》等。

"爸爸，那些是什么?"我年幼的儿子达尔特指着上方问道。此刻，我们飘浮着，远离了那些古老的建筑，差不多到达了我们社区的透明穹顶与戴森球表面的交界处。

四只白色的母鸡正从空中飞过，翅膀飞快地扇动着。"那些是鸡，达尔特，就是——为我们产蛋的一种鸟。"

"我不是指那些鸡。"达尔特说道。我的回答似乎暗示了他连鸡都不认识，这很冒犯他。"我是说那些亮光，那些光点。"

我眯起眼看了看，说道："我没看见什么光点。在哪儿?"

"到处都是。"他说道。他的头缓缓转动，视线扫过了整个天空，"到处都是。"

"你能看见多少个光点?"

"几百个，几千个。"

我感觉到自己的后背轻轻地撞击着地面，就用手掌把自己推开，再次飘浮起来。我一直在翻译的古代文献里说，人类从来就不应该生活在如此低的重力环境中，但这就是我以及我无数代先人所生活的环境。"达尔特，没有任何光点啊。"

"有，有的，"他很坚持，"有成千上万个，而且——看!——天空中有一条光带。"

我看向他指的方向："除了又有一只鸡飞过之外，我什么也没看见。"

"这不可能，爸爸。"达尔特还在坚持，"你看!"

达尔特是个好孩子。他几乎从没对我撒过谎——我也不认为他会在这种事情上说谎。我转过身，面向他悬浮着，然后伸出手。

"你能看清我的手吗？"我问他。

"当然。"

"我伸出了几根手指？"

他翻了个白眼。"哦，爸爸……"

"我伸出了几根手指？"

"两根。"

"我的手指上也有光点吗？"

"你的手指上？"达尔特一脸疑惑。

我点点头。

"当然没有。"

"所以你在我的手指前面看不到光点。那我的脸上呢？"

"爸爸！"

"有吗？"

"当然没有。光点不在这里。它们在天上！"

我安慰地拍了拍儿子的肩膀："明天，我们去找塔德丝医生看看你的眼睛。"

这座保护性穹顶——戴森球（这里采用的是祖先为这座家园起的古老的名字，我们只能直接音译，无法翻译其含义）

外表面上的透明气泡不是我们的人建造的。穹顶在我们走出来时已经存在了。与之相连的是一个巨大的黑色金字塔型结构，看起来不像是戴森球外壳的一部分，而像是被固定在外壳上的。没有人确切地知道金字塔是做什么用的，不过你可以从一条由穹顶延伸出来的通道进去。金字塔里遍布走廊和房间，还有很多用古代文字标示的控制按钮。

透明穹顶比金字塔大得多——大得足以覆盖祖先们在这里建造的三十多座建筑，以及我们用从戴森球内部运来的土壤所建成的同心圆农田。尽管如此，如果穹顶不是透明的，我在里面仍可能会感觉幽闭恐惧。而相对于浩瀚的戴森球，金字塔连粒芝麻都算不上。

我们很幸运，祖先们把所有建筑都建在保护性穹顶之下。这些建筑现在成了我们的家园和工作空间。在大多数情况下，我们只能去猜测这些建筑的最初用途，而塔德丝医生办公室所在的建筑以前很可能是一座仓库。

睡醒之后，我带达尔特去见塔德丝医生。相对于视力表，他似乎对医生的人体骨骼挂图更感兴趣，不过我们还是让他在半空中转了过来，面向视力表。

我在达尔特身边自由地飘浮着。有那么一瞬间，我感觉很恐慌，因为手腕上没有拴固定绳。一辈子的习惯很难打破，即使已经在戴森球的外面待了这么久了。我从出生到中年，一直生活在球体内部。在那里，如果东西不固定，就会飘起来。当然，你不可能一直往太阳飘去，最终会撞到维持大气的玻璃顶上。但没有人愿意被困在那上面等待救援，那可太丢脸了。

不过在戴森球外部，在透明的保护性穹顶之下，东西是往下沉的。我和达尔特最终会落到铺着软垫的地板上。

"你能认出最上面一行字母吗?"塔德丝医生指着视力表问道。她和我差不多年纪，浅蓝色的眼睛，红色的头发刚有些变白。

"当然。"达尔特回答，"E，B，D，SH，K。"

塔德丝点点头，"下一行呢?"

"H，F，R，SH，P，S。"

"能读出最后一行吗?"

"A，D，T，N，T，S，G，H，F，R。"

"第二个字母你确定吗?"

"是D，不是吗?"达尔特说道。

如果说有哪个字母是我儿子肯定认识的，那一定是D，因为这是他自己名字的第一个字母。但是视力表上并不是D，而是F。

塔德丝医生在她的本子上记了一笔，然后问道:"那最后一个字母呢?"

"是R。"

"你确定吗?"

达尔特眯起眼睛:"那，如果不是R，就是SH，对吗?"

"你觉得是哪个?"

"是SH……或R。"达尔特耸了耸肩,"字太小了,我不确定。"

我能看清那是R;我很惊讶自己的视力比儿子还好。

"谢谢。"塔德丝说道。她看向我,"他有一点近视,"她说,"没什么好担心的。"然后她转向达尔特,"现在来说说你眼前的光点,现在能看到吗?"

"不能。"达尔特说道。

"一个都没有?"

"只有在黑暗处才能看见它们。"他说道。

塔德丝用手掌推了推软垫墙,这足以让她飘过房间,来到电灯开关前。祖先们做的开关是摇杆式的,而不是我们那种揿钮式。她拨了下开关,软垫屋顶边缘的照明条暗了。"现在呢?"

达尔特疑惑地说道:"看不到。"

"让你的眼睛适应一阵子。"她说道。

"等多久都不会有差别。"达尔特恼火地说,"你只能在外面看见那些光点。"

"外面?"塔德丝重复道。

"是的,"达尔特应道,"外面。在黑暗中。在天上。"

达尔特是我们这群人离开戴森球体内部之后出生的第一个

孩子。我们的小镇现在有二百四十个人，其中有十五个人是在戴森球外面出生的。达尔特平时的玩伴叫苏托，她是住在我们隔壁的那对夫妇的女儿。我们住的这栋楼显然是祖先设计的生活区。

所有的成年人都会花一半时间在自己的专业领域。对我而言，就是翻译存储在这栋楼和金字塔内计算机里的古代文献；另外一半时间则是从事维持这个新生社会所需的一些杂务。下班后，我带着达尔特和苏托去飘游。我们飘离古代建筑的灯光，穿过农田，向着通往金字塔的通道飘去。

当然，我知道下方这颗球体表面是弯曲的。在戴森球外面，它是向上凸起的。但是由于整个球体足够大，所以看起来还是平的。不过，仍然可以辨认出一些凹陷的地方，那是球体外壳另一侧的山丘以及储存着水源的高原。尽管我们身处边界——来到了球体外面！——我们与下面的世界却只有一个身长的距离；这也正是球体外壳的厚度。但是通往内部的双向入口已经封死了；在我们选择离开后，里面的人把它焊死了。他们不想与我们有任何关系，还把我们对外部宇宙的探索称为对古人智慧的亵渎。

当我们在黑暗中飘浮时，达尔特又抬头看了看，说道："快看！光点！"

苏托也往上看。我本以为她会满脸疑惑，对达尔特的话感到莫名其妙。然而，我在黑暗中却近乎可以看到，她露出了惊叹的微笑。

"你——你也能看见那些光点？"我问苏托。

"当然。"

我很震惊："它们有多大？"

"很小。就这么大。"她伸出手，用拇指和食指比画了一下，我几乎看不出她的手指之间有任何空隙。

"它们的排列有规律吗？"

苏托像是没听懂，她的词汇量还没有达尔特那么大。她看着我，我试着换了一种问法："它们排列成了某种形状吗？"

"也许吧。"苏托说道，"有一些更亮。那里的三颗排成了一条直线。"

我皱了皱眉："达尔特，遮住你的眼睛。"

他用手把眼睛遮得严严实实。

"苏托，指出天空中最亮的光点。"

"太多了。"她说道。

"好吧，好吧。指出这片天空中最亮的一个。"

她毫不迟疑："那一个。"

"好的，"我说道，"现在请放下你的手。"

她收回手臂。

"达尔特，把你的手张开。"

他照做了。

"达尔特，现在你来指出这一片天空中最亮的一个光点。"

他抬起手，似乎在两个选择中犹豫不决。

"不是那个，笨蛋。"苏托的声音响起。她指了指，"这一个更亮。"

"啊，是的，"达尔特说道，"应该是这个。"他也指向了同一个光点。我什么也没看见，但是在一片黑暗中，如果我沿着两个孩子伸出的手指各画一条线，它们将会在无穷远处会合。

塔德丝医生是我们的老朋友，由于苏托和达尔特都能看见光点，所以我决定找她一起吃午饭聊聊。我们在球体外面种植了小麦、玉米和其他作物，还养了鸡和猪。如果你想孵小鸡，就必须给母鸡搭一个低矮的顶棚，好让它们能够待在鸡窝里，而不会动辄就飞起来；鸡似乎真的很喜欢飞行。我和塔德丝都知道，如果我们待在球体内部，会吃到更美味的食物，但是古代的文献说，尽管球体内部十分巨大，但宇宙还要广袤得多。

大多数留在戴森球内部的人并不关心这些事情；他们知道球体的内表面可以容纳超过一百亿的人类——比目前的人口多得多——而且祖先把我们与宇宙的其余部分隔绝开来是有原因的。但是，我们中的一些人依然决定去探索外部世界，在这个世界唯一的真正边界上建立一个新的定居点。我对内部世界没有太多留恋，但我确实很怀念那里的食物。

"好吧，罗达尔。"塔德丝医生拿着块三角形的三明治，比画着手势，"我觉得事情是这样的——"她做了一个深呼吸，似乎在说出自己的想法之前，还要深思熟虑一番，"在很久很久以前，我们的祖先围绕着太阳建造了一个双层的壳体。外层是不透明的，而与之相距五十个身长的内壳则是透明的。两层外壳之间的区域就是栖息地，所有仍然生活在球体内部的人都居住在这里。"

我点了点头，轻轻地踢了一下地面，让自己飘浮起来。我们离开餐厅，向室外飘去。

"当然，"她接着说道，"几代人之前发生过一场战争，人类被打回了原始状态。我们已经花了很长时间来重建文明，但是仍然远远不如祖先们建造的世界先进。"

这当然是事实。"所以呢？"

"所以，你前阵子翻译的那个故事进行得怎么样了？就是推测我们来自哪里的那个。"

我在古代计算机里找到了一个故事，说是在我们定居戴森球内部之前，祖先曾经在一个小而坚硬的岩质星球表面定居。"但那很可能只是一个神话，"我说道，"我是说，这样的星球可能会小得不可思议。在神话里，曾经的家园直径是六百万个身长。科博斯特——我们社区的一位物理学家——计算过了，如果它是由神话中描述的元素构成的，即使这颗星球很小，也会有巨大的引力作用：五个身长每平方心跳。那是我们这里的引力的一万倍以上。"

当然，一个空心球体内部的任何一点上引力都是零。当我们生活在球体内部，唯一的引力来自太阳，那股力轻轻把物体向上拽。而在这里，也就是球体的外面，引力作用是向下的，向着球体表面——向着位于球体中心的太阳。

我接着说道："虽然科博斯特认为人类或许可以把肌肉锻炼得足够强壮，来对抗这么巨大的引力，但他的研究表明，神话中描述的星球不可能是我们的'家园'。"

"为什么不可能？"塔德丝问道。

"因为鸡。某些古代文献表明，从我们祖先建设戴森球之前到现在，鸡基本上是没有变化的。但是如果在五个身长每平方心跳的重力加速度下，它们的翅膀不可能有足够的力量飞起来。所以神话中那颗星球不可能是我们祖先的家园。"

"好吧，我同意鸡的问题令人费解。"塔德丝说道，"但是无论我们的祖先来自哪里，你都得承认那肯定不是另外一颗戴森球。戴森球的内部会形成一种非常特殊的天空。还记得我们住在那里的时候是什么样的吗？无论什么时候抬头，都会看见——当然，会看见太阳，如果向正上方看的话；但是在其他任何方向，你看见的都会是球体内部的其他部分。某些部分离得很远很远——球体的远端有一千五百亿个身长那么远，对吧？但是不管怎么样，无论你往哪里看，看到的不是太阳，就是球体内表面。"

"所以呢？"

"所以，球体的表面是反光的——即使是暗淡的，被草覆盖的部分也会反射回大量光线。事实上，平均来说，球体表面反射回来的光线约占它从太阳接收到光线的三分之一，这使得整个天空都非常明亮。"

球体内部的人在飘浮时确实更喜欢面向地面，而不是天空。我点头让她继续说下去。

"嗯，我们的眼睛在这里并没有进化。"塔德丝继续说道，"如果我们真的来自那颗岩质星球，那么太阳应该是在一片空旷的、不反光的天空中。太阳在戴森球内部肯定会比在原来的家园中亮得多。"

"肯定是我们的眼睛已经适应了这里更亮的光线。"

"怎么适应？"塔德丝问道，"即使经历了大战，我们还是很快就恢复了一定程度的文明。我们没有经历一个适者生存的阶段。从祖先建造戴森球之前到现在，人类一直没有经历过任何明显的进化。这意味着我们的眼睛还是原来的样子：适合暗得多的光线。当然，祖先们也许用过某种药物或其他什么东西，让眼睛在看球体内部的亮光时更加舒适。可是无论他们用了什么，一定在战争期间失传了。"

"也许吧，"我说道。

"但是居住在戴森球里的你、我，还有定居点的其他人，我们的视网膜可能已经在不知不觉中损坏了。"

我知道她想说什么了。"但是孩子们——那些在这里，在戴森球外部出生的孩子……"

她点点头，"我们离开戴森球之后，在这里出生的孩子，从未暴露在球内的强光之下。所以他们和我们那些生活在家园的远古祖先一样，在黑暗中也能看得很清楚。孩子们看到的光点确实存在，只不过它们太微弱了，无法反映在我们成年人受损的视网膜上。"

我的脑子一片混乱。"也许吧，"我说道，"也许。但是——但那些光点是什么呢？"

塔德丝抿了抿嘴，然后轻轻耸了一下肩。"你想知道我的猜测吗？我认为那是其他的太阳，就像我们的祖先包裹在戴森球里的那个一样，但是离我们非常远，所以很难被看见。"她抬起头，视线穿过覆盖小镇上方的透明穹顶，望向无尽的黑暗——我们两人唯一能看见的，就是黑暗。然后，她用了一个我教她的词，一个从古代文献中音译过来的词。我们会发音，但是从未真正弄明白它的意思。"我觉得，"她说道，"那些光点就是星星。"

古代计算机里存储着成千上万的文件；我的工作就是尽量把它们弄明白。随着达尔特逐渐长大，我也取得了不少进展。于是，他和其他孩子终于能将在天空中看到的星象和祖先记载的星图对应起来。二者并不完全吻合，与星图相比，星星的相对位置已经发生了明显的位移。但是孩子们——现在已经是青少年了——还是能够辨别出古代文献中的星座；奇怪的是，他们说，当小镇开着灯的时候，辨认起来更加容易，因为灯光淹没了较暗的星星，让那些最亮的星星凸显出来。

根据星图，我们的太阳——包裹在戴森球内的太阳——即是被古人称为"Tau Ceti"（鲸鱼座T星）的恒星。不过，这里不是人类最初的家园，我们的祖先显然不愿意为了制造戴森球而吞噬他们自己的恒星系统。相反，他们——还有我们——来自另一颗恒星——一个并不属于多重星系，且与这里的太阳最接近的一颗恒星，一个我们祖先称之为"Sol"的太阳。

而那个我们在上面完成进化的"行星"——这是古人的一个术语——被我们智慧的祖先极尽谦卑地采用了一个简单的、不起眼的名词来称呼，这个名词很容易翻译：Dirt（土地）。

当然，像我这样的老家伙现在已经无法在"土地"上生活。我们的肌肉——包括心脏——与成长于那颗小小的岩质星球的巨大重力下的祖先们相比，已经变弱了。

但是……

但是，就像被锁进保险箱的珍宝一样，我们作为一个物种所有的潜力仍然深藏在基因中。比如看到暗淡光源的能力，还有……

是的，它一定还在那里，仍然保存在我们的DNA中。

那种能够产生足够强壮的肌肉，以承受强大得多的重力的能力。

塔德丝医生说，必须在这样的重力下成长，从出生开始就生活在其中，才能真正适应那样的重力，但是如果你真的适应了……

　　我看过科博斯特在电脑上的演示，显示了我们如何在更大的重力下移动：如何垂直地运用身体；脊柱如何支撑头部的重量；腿如何通过膝盖和脚踝的连接进行反复活动，以完成持续向前的运动。对于一生中大部分时间都在飘浮的人来说，这一切看起来都无比怪异、效率低下，但是……

　　但是，仍有新的世界以及旧的家园等着我们去探索。要充分体验，必须要能够站在它们的表面上。

　　达尔特正在成长为一名优秀的青年。在这样的小社区里，没有太多职业可供选择：他只能选择跟着在银行工作的妈妈黛拉学习，或者跟着我学习。最后他选择了我，所以我尽自己最大的努力教他如何解读古代文献。

　　有一次，他说："我已经翻译完了你给我的那份文件，和你预想的一样，只是一份无聊的物资清单。"我觉得他看出来我有些心不在焉。"你看什么看得这么入迷？"他问道。

　　我抬起头，朝他笑了笑，他的脸上长出了一层绒毛。我得尽快教他怎么刮胡子了。"抱歉。"我说道，"我找到了一些和金字塔有关的文件。但是有几个词我之前从没见过。"

　　"比如？"

"比如这一个，"我指着电脑屏幕上八个字母的字符串说，"'Starship'。前面几个字母显然就是你在天空中看到的那些光点：Stars（星星）。后半部分，hip（臀部），嗯——"我拍了拍我的臀部——"那是他们对大腿与躯干连接处的称呼。他们经常用这种方式来组成词语，但我实在想不出'星星的臀部'是什么。"

我总是说，多一个人，多一份力。"是的，他们经常用那种嘶嘶的发音来表示复数，"达尔特说道，"但是这里的两个字母——s和h，也许并不是前后两部分的结尾和开头，而是连接在一起的sh？"

我点点头。

"所以，也许不是'stars hip'（星星的臀部），而是'star ship'（星船）。"

"船（ship），"我重复道，"船，船，船——我以前见过这个词。"我快速翻阅一叠笔记，在里头查找；纸张在房间里飞舞，达尔特尽职地帮我收拾整齐。"船！"我大喊道，"在这里：'一种可以浮在水面上的交通工具'。"

"如果可以飘浮在空中，为什么要浮在水面上呢？"达尔特问道。

"在'家园'，"我说道，"水不会在你每次碰到它时都飞溅起一大片，而是会待在原地。"我皱了皱眉，"星星，船。星船。一种——一种星星的交通工具？"然后我突然明白了，"不对，"

我兴奋地抓着儿子的手臂说道，"不对——是一种用来星际旅行的交通工具。"

达尔特和苏托结婚了，这在所有人的意料之中。

但是，儿子的手臂却出乎我的意料。他和苏托已经锻炼了好几年，当达尔特弯曲手肘时，上臂部分会鼓出来。塔德丝医生说自己从未见过这样的事情，但是她向我们保证，这不是肿瘤。这是肉，是肌肉。

达尔特的腿也比我的粗壮得多。苏托虽然不像达尔特那么强壮，但也练出了相当强的力量。

我当然知道他们要做什么。我羡慕他们俩，然而我有一个莫大的遗憾。

苏托在和达尔特结婚后不久就怀孕了——至少，他们告诉我，受孕是在婚礼后发生的。作为家长，我选择相信他们，但是我永远无法求证。而这就是我的遗憾：我永远不会见到自己的孙子或孙女。

达尔特和苏托将会站在"土地"上，而且，也能够承受去往那里的旅程。这艘星际飞船的设计加速度是五个身长每平方心跳，模拟了"土地"上的重力。它将在前一半旅程中加速，以达到一个惊人的速度，然后掉转，并在后一半旅程中减速。

选择他们前往是合理的。达尔特现在对古代语言的了解程度已经和我水平一样了；如果我们的祖先在"家园"留下了什么记录，他应该能看懂。

他和苏托必须尽快离开，塔德丝医生说。他们未出生的孩子最好在星际飞船加速产生的模拟重力下发育。达尔特和苏托也许能够在"土地"上生存下来，而他们的孩子将会真正地适应那里的生活。

我和妻子去为他们送行，当然，定居点的所有人都来了。我们想知道，当金字塔升空时，戴森球内的人们会有什么反应——它升空时的冲击力无疑在壳体另一边也能察觉到。

"我会想你的，儿子。"我对达尔特说道。泪水在我的眼眶里打转。我抱抱他，他也抱抱我，他的力气却比我大得多。

"还有你，苏托，"当妻子去拥抱儿子时，我转向我的儿媳说，"我也会想你的。"我也拥抱了她，"我爱你们。"

"我们也爱你。"苏托说道。随后，他们走进了金字塔。

我在农田上空悬浮着，采收萝卜。这是个挺棘手的工作。如果你拔得太用力，当然萝卜会拔出来，但是你也会和萝卜一起飞上天去。

"罗达尔！罗达尔！"

我看向声音传来的方向。是老塔德丝医生，她正向我疾驰而来，简直就像一颗白头炮弹。在她这个年纪，应该多加小心——以那样的速度，即使是撞在软垫墙上，也有可能会摔断骨头。

"罗达尔!"

"怎么了?"

"来!快来!有'土地'传来的信息。"

我踢了一脚地面,向通道(这曾经是进入星际飞船的入口)旁边的通信站冲去。塔德丝好不容易安全地掉了个头,和我一起飞过去。

我们到达时,那儿已经聚集了相当多人。

"信息里说了些什么?"我问离电脑屏幕最近的那个人。

他恼怒地看着我。这台古代电脑显示出的文字,理所当然是古代的文字,除了我之外,很少人能看懂。他让开了,我看着屏幕,大声读了出来,好让每个人都听得见。

"写的是,'大家好!我们已经安全到达土地。'"

人群中爆发出欢呼声和掌声。在等待他们安静下来的时候,我忍不住往后看了一小段,所以在我继续读下去的时候,眼眶已经湿润了。"然后是,'告诉罗达尔和黛拉,他们的孙子出生了;我们给他取名叫玛达尔。'"

我的妻子前段时间去世了——但她一定很高兴他们选择了玛达尔这个名字;这是她父亲的名字。

"'土地'很美,到处都是植被和巨大的水体。"我接着念道,"还有别的人类在这里居住。那些对科技感兴趣的人似乎都搬到了戴森球,但是一小部分喜欢田园生活的人留在了家园。我们正在学习他们的语言——它与古代文献中的语言已经有相当大的偏差——而且我们已经和他们成了好朋友。"

"太棒了。"塔德丝医生说道。

我对她笑了笑，擦了擦眼睛，继续念道："我们稍后会发来更多信息。不过，现在至少可以弄清楚一个困惑已久的谜团了。"我笑着念出了接下来的部分，"这里的鸡不会飞。很显然，有翅膀并不代表就一定能飞。"

信息到这里就结束了。我抬头看着黑暗的天空，希望能认出Sol或者任何一颗星星。"但是，就算你没有翅膀，"我思念着离我很远很远的儿子、儿媳和孙子，说道，"也不代表你一定不能飞。"

| 星云奖获奖作品 |

THE PEACEMAKER

by

Gardner Dozois

▽

和平使者

［美］加德纳·多佐伊斯 著 / 杨 嵘 译

加德纳·多佐伊斯（1947—2018），美国著名科幻编辑、作家，科幻名人堂成员。多佐伊斯被誉为历史上最伟大的编辑之一，曾获得十五次雨果奖最佳编辑奖，这一纪录至今无人超越。他在《阿西莫夫科幻杂志》《银河科幻杂志》《奇幻世界》等处工作过，并一手打造了"年度最佳科幻小说"这一系列选集。乔治·马丁称他是"自约翰·坎贝尔以来，最重要、最具影响力的科幻编辑"。但在成为他那个时代最重要的编辑之前，多佐伊斯也是一位科幻作家，曾多次获得星云奖。

　　本文曾获1984年星云奖最佳短篇小说奖及雨果奖提名。

昨夜罗伊又梦见了海，他总是做这样的梦。早上醒来，风正穿过树林，发出一阵又一阵海浪低语般的叹息声，恍惚间，他又感觉回到了自己海边的家，那整洁的砖房、美丽的海滩，以及被摧毁了的一切，又回来了。于是，心中便有灼热的希望燃烧起来，就像一道伤疤。

"妈?"他叫了声，坐起身来，伸出双脚，希望能触碰到那毛茸茸的"垫子"——他的爱犬托比。托比每晚总是蜷缩着睡在他的床边。可是，没有，脚下什么都没有，熟悉的一切都在破碎、变化，随风远逝。

他眨了眨迷糊的睡眼，看见从阁楼天窗照进来的淡淡的蓝光，感受着身下硬邦邦的老式行军床，意识到自己并不在家里，那温暖的家已经永远不在了，对他而言，也永远不可能再有一个家了。

他掀开身上的毯子，站了起来。这间空荡荡的阁楼里非常冷——尽管冬天快过去了，但这是他记忆中最可怕的冬天——粗糙的木板像冰一样烫着他的脚，但他不能再躺在床上了，今天不行。

其他孩子都还没醒来，他摸索着绕过那些孩子的行军床——不时会碰到一两张，那床上的孩子就会翻个身，咕哝一两句，随即又鼾声大作。他小心地穿过大片黑洞似的阴影，来到了阁楼唯一的一扇窗户边。他踮起脚尖，使劲儿推开窗户，老旧的木窗框发出吱吱嘎嘎的抗议声，窗棂上的石膏粉簌簌落下。窗户打开后，清晨的冷风扑面而来，像有看不见的手拉扯着他的头发，他打了个冷战。寒风呼啸而入，冲过他的身旁，在整个封闭的阁楼里冲撞，就像一个不安分的孩子终于获得了自由，肆无忌惮地跑着、闹着。

风里都是松脂和潮湿的泥土的味道，并没有咸咸的海水味，随风而来的也只有鹪鹩和冠蓝鸦的啼叫，而没有海鸥的聒噪……即便如此，他在窗框上架着胳膊、努力支撑着自己把头探出窗外的时候，依然满脑袋都是那海边梦境的碎片。他还心存侥幸，希望能看见房子外面有海，它一直延伸到视野的尽头，海浪不停地涌动拍击。然而，他只看见窗外树影的轮廓伸向灰色的天空；只看见谷仓农田在黑暗里隐隐约约；只看见斑驳的石子路和葱郁的山丘绵延消失在远方；只看见银色的雾霭徘徊在低洼的地带，像幽灵一样沿着山脊飘散。

还没有，大海还没有追到他这儿来——暂时还没。

在东边某个看不见的地方，有一片山脉，在那山脉之后就是他梦中的海，海水静静地拍打着宾夕法尼亚的城镇，那些曾经灰土漫天的山城、煤镇，现在都一夜间成了海港，大西洋就在那儿，四十英里[1]以外，至少暂时还被阿巴拉契亚山脉所阻挡——不过三年时间，大片的土地和诸多的城镇就已经被海水吞没。

---

1. 1英里约合1.61公里。

很久以前的那个早上，他正在海堤下玩着游戏（是什么游戏他现在已经想不起来了），就看见海浪慢慢涌来，像浓稠的金属液流。海浪一波一波地涌来，越来越近，越来越近。他一开始非常高兴，看着海水慢慢爬上沙滩，一浪推着一浪，漫过他所见过的最高位的潮水线，但当海浪吞没了整个海滩，开始不停地拍击海堤的时候，他有些担心了。再后来，海水依然不断上涨，慢慢地快要没过海堤的时候，他害怕了……海水不断地涌来，不断地上涨，缓慢却无情，一步步吞噬着陆地，毫不停步，一波波涌来，一浪比一浪高……当海水吞没了海堤，开始爬上他家门前那道短短的草坡的时候，当海浪那透明的手快要摸索到他脚跟的时候，他害怕地大叫起来，发疯似的跑上坡顶，歇斯底里地呼喊他的父母，而海水就在他身后不缓不急地跟着……

科学家们称其为"海洋漫浸"，普通人则无一例外地称之为"大洪水"。

无论怎么称呼，它已经把这个世界洗刷得面目全非。科学家们许多年来都在讨论这种灾难的可能性——有些科学家甚至指出，地球气温已经达到了最后一次间冰期的最高值，而且还在上升——但很少有人料到南极洲冰层融化得如此之快。灾难发生以来，不止一位科学界的"海王"多次宣称海水不会再上涨了，最糟糕的时期已经过去……然而，海水还是一往无前地涌来，逐渐向内陆挺进，水急浪高，仅一个夏天海平面就上升了三百英尺[1]，淹没了全球所有的低地区域。比如，在美国，海水就吞没了阿巴拉契亚山脉以东的大部分地区、西内华达山脉和喀斯喀特山脉以西的海岸地区，以及阿拉斯加的大部分地区、夏威夷、佛罗里达、墨西哥湾沿岸和东得克萨斯。密西西比河谷的大片低地变成一片汪洋，几道较细的支流向北渗透到爱荷华和伊利诺伊，流入圣劳伦斯河和五大湖，导致水漫堤坝，淹没了沿岸地区。绿山山脉、白山山脉、阿迪朗达克山脉、波科诺山脉和卡茨基尔山脉、欧扎克山脉、太平洋海岸山脉——这些小一些的山脉现在都变成了汪洋中的孤岛，四周海水环伺。

可笑的是，当海水不停地追逐着他们，逼着他们从一个地方转移到另一个地方避难的时候，他总有一种挥之不去的感觉：是他导致了这场大洪水——一定是那天他在海堤上玩耍的时候无意间触发了某种魔法仪式，比如碰巧做了什么手势、说了什么话，把海洋从束缚中解放了出来，驱使海水吞噬陆地——实际上，海水一直只是在追他，追他一个人而已……

外面有狗在叫，声音来自田里朝向城镇的方向，但那不是他的狗。他的狗已经死了，死了很久了，它发白的头骨正在海床上滚动，那里曾经是新泽西的帆船镇，如今已经淹没在三百英尺的海水之下。

---

1. 1英尺约合0.3米。

突然，他浑身起了一阵鸡皮疙瘩，打着冷战，用双手摩挲着自己的胳膊。他回到自己的床边，急急忙忙穿好了衣服——没必要再回到床上了，反正萨拉女士一两分钟之内就会过来把他们从床上揪起来。新的一天开始了，他是不会去想以后的，难民营早就教会了他每一分钟都要活在当下。

在阁楼里走动的时候，他想可能会有其他的孩子向自己投来敌意的目光，毕竟他打开了窗户，让这屋子里的温度骤降，而且他穿衣服的时候也难免弄出了些响动。然而，尽管孩子们都非常珍惜每一秒来之不易的睡眠时间，却没有人敢抱怨。这种想法苦乐参半，既带来了快乐，也带来了痛苦，他浅浅地微笑了一下，那是一种愁苦的微笑。他们只会躺在床上怨恨地看着他，假装睡觉，悄悄地咒骂，但他们不会对任何人说起，尤其不会对他说什么。

他走下楼，幽灵般走出还在沉睡的房子，走过农场，穿过飘忽不定的、湿漉漉的薄雾，脸上沾满了露珠。他的叔叔艾伯纳就在前面，站在壕沟的边上。艾伯纳向他打了个招呼，然后他们就并排站着尿尿，谁都不说话，尿液在灰白的晨雾中冒着热气。

完事后，艾伯纳退后一步系上了裤子，说道："开始玩自己的小兄弟了，孩子？"他并没有看罗伊。

罗伊感到脸上烧乎乎的。"没，"他回答道，想尽量说得自然，"没有，先生。"

"开始长毛了。" 艾伯纳说着，慢慢转过身面对罗伊，仿佛他的身体是台笨重的机器，在一堆齿轮和杠杆的作用下才能移动。清冷的晨光照在他脸上，使他的脸看起来更加严厉，也更加苍老，气色惨淡。应该是累的，罗伊想。那是一种难以名状的疲惫，好像他站在这里都非常吃力；他已经筋疲力尽，就像周围被过度开垦的田地。那沧桑的脸上只有一双眼睛有些生气，它们却冷厉得像是燧石，他看着你的时候仿佛目光能穿透，直到没人看得见的远方。"我已经跟你说过要保持纯洁，"艾伯纳语速缓慢，"保持你自己的纯洁有多么重要，不要被任何东西玷污。我已经给你解释过了，希望你能理解——"

"是，先生。"罗伊回答道。

艾伯纳伸出手向前摸索着，手指张开，好像想要从虚无的空气中攫取意义。"我想说，你理解这一点非常重要，罗伊。每件事儿都不能出错，我是说，每件事儿都要做对，否则，任何事情都没有了意义。你得保持自己灵魂的正直，孩子。你得让上帝的宁静之光进入你的灵魂。现在都靠你了——你得保持内心的平和，没人能帮你，但这非常重要……"

"是，先生，"罗伊平静地说，"我明白。"

"我希望……"艾伯纳说了一半，就沉默下来。他们又站了一分钟，彼此没说话，也没看对方。这时，空气中传来了炊烟的味道，他们也听到了房子那头某个地方的关门声。他们正本能地看着东方的天际，此时，太阳从山后徐徐升起，一道长长的绛红色将灰白的天空劈开，上方是翻滚的朝霞，下方是静静的云朵。一道刺目的阳光照射过来，从世界的边缘直入他们的眼中。

"你会让我们骄傲的，我知道，孩子。"艾伯纳说道，但罗伊并没有在意，而是痴痴地望着太阳那火红的圆盘挣脱地平线的束缚，眯缝着眼睛看着那耀眼的光芒，直到眼泪流出来，模糊了视线。艾伯纳把手放在孩子的肩膀上，那只手沉重、滚热、专制，罗伊不耐烦地抖掉了他的手，依然看着远方的地平线。艾伯纳叹了口气，开口想说点什么，但一张嘴却是："走吧，孩子，进屋子，给你弄点儿早饭吃。"

早饭——在艾伯纳一如既往冗长的礼仪和祷告之后，他们终于准备开吃——非同以往的奢侈。教会的人面前摆着山核桃饼干、蜂蜜和几杯菊苣汁，即便是其他难民孤儿——在这个漫长的寒冬，他们有时几乎不会给这些孩子吃的，而这并不触犯法律和教规——也得到了几片煎肥肉来搭配他们平常的燕麦粥。除了饼干和蜂蜜，罗伊还得到了火鸡蛋、印式土豆泥和一块货真价实的猪排。那天早上，大餐桌上的气氛非常紧张：亨利和卢克板着脸，雷蒙心事重重、闷闷不乐，阿尔伯特看起来很害怕，而那些孩子则圆睁着眼睛一言不发，努力想让自己变得隐形；快乐的克莱姆夫人一如既往地高兴，大口吃着食物；脾气暴躁的齐格夫人——孩子们都不喜欢甚至怕她——显然刚刚哭过，几乎什么都没吃。艾伯纳的脸绷得像块石头，目光明亮而严肃，他挨个扫视教会的人，像在质问他们敢不敢挑战他的领导和精神领袖地位。罗伊的胃口很好，没有受到周遭气氛和各种情绪的影响，他很平静，注意力都集中在扫空盘子里剩下的食物上——最近两个月他的体重恢复了些，虽然以他妈妈四年前的标准来看，他还是瘦得让人心疼。在早餐就要结束的时候，李尔登太太满脸骄傲地从厨房里出来，好像完成了什么不可能的任务，她给了罗伊一小块长方形的东西，外面包着油光锃亮的牛皮纸。罗伊惊愕了片刻，上帝啊，这可是好时杏仁巧克力棒，他已经好些年没有吃过了。这一定是黑市货，如今在贫穷的东部地区已经很难见到了，肯定贵得要命。即便是教会的大人们也羡慕地看着罗伊，而那些孩子则张大了嘴。当他拿起巧克力，一丝不苟地慢慢打开包装纸，露出那奶白色的巧克力的时候，孩子们就开始流口水了。

饭后，那些孩子——镇子里的人有时会叫他们"湿背娃"，不无嘲讽——被分成了两组：一组要去帮教会的大人在艾伯纳的农场上干活，另一组人数更多些，上了一辆牛车（其实是一辆去掉了驾驶室的平板卡车），要去附近的乡下干些类似于苦力的活儿：修路、采石或者伐木、修葺在大洪水过后的混乱中被损毁的房子、谷仓或者桥梁。联邦政府（不如说，仅存的一些政府机构）拼命想阻止这个支离破碎的国家分崩离析，努力想把这个破裂的美国重新团结起来，但并不怎么成功。政府每年以联邦代币券或商品信用票据的方式支付艾伯纳和其他像他一样的人，让他们给灾民提供食宿。日子已经这么艰难，只要艾伯纳能帮助灾民们维持生计，让后者为任何能拿出代币券、或有足够的生活物资、或能提供其他有吸引力的条件的人工作，是没有人会抱怨的。联邦和当地政府也偶尔会让他们（和其他被救助的灾民，无论老幼）无偿干些工程，美其名曰"为了灾难期间的公益"……

有些时候，在农场上闲逛、无所事事的罗伊会想加入那些干活的孩子，但也就是想想。他清楚地记得为了那少得可怜的供给而干过的那些累死人的苦活儿，那些伤病、事故和腰酸背痛，还有夏天的炎炎烈日和成群的蚊子，冬天的刺骨严寒、飞舞的雪花和凛冽的寒风。他目送着车从身边驶过，看到了与他一起工作过的孩子们羡慕而怨恨的眼神——史蒂夫、恩里克、萨尔都转过脸看着他，他条件反射般举起了手，又放了下来。两个月的闲散和相对的奢侈也没能消除几年苦工留下的厚厚的粗糙老茧。不，无聊还是比累死累活要好。

上午十点左右，一小群人聚集在农舍外面的路上。现在更热了，空气中已经可以闻到夏天的气息，风也是热的，万里无云的蓝天上，太阳明晃晃的，刺目热辣。站在大太阳下的地里一定不舒服，可那群人并没有要进屋子的意思——他们只是站在路的那一头，向屋子这边看着，脚步踟躇，不时交头接耳地发着牢骚，在屋子里听起来就像是没意义的嗡嗡声。

罗伊在门廊边看了他们一会儿，他们是镇上的，尽管都不是艾伯纳的人，但罗伊对其中的大多数都有模糊的印象，只是不知道他们的名字。难民孩子们大部分时间都被小心地隔离着，几乎见不到镇上的人。罗伊难得进过镇子几次，镇子里的人都对他冷若冰霜——要是那些"湿背娃"被镇子里的孩子们堵在没人的地方，就只能求上帝保佑了。因此，教会的人都不愿意和镇子上的人来往，从而受到镇子上某些群体的冷落——尽管近年来教会的人数急剧增加，仅在去年冬天就增加了近两倍，附近的几个社区里，也有了新的分会。

外面的人群中，一位面容憔悴的妇人看见罗伊，冲他晃了晃瘦小的拳头，大喊道："异教徒！渎神者！"人群里响起各种咒骂，像一群愤怒的蜜蜂发出嗡鸣。她冲着罗伊使劲儿吐着口水，面部扭曲，肩膀耸起，尽管她知道隔这么远不可能吐到罗伊。"渎神者！"她又大骂了一声，干瘦的脖子上青筋隆起，像一条条蚯蚓。

罗伊倒退着回到屋子里，躲在窗帘后面继续看着外面那群人。屋子里也有人在大喊大叫——教会的人一早上都躲在厨房里争吵，那可是非常激烈的争吵，而这破房子里薄薄的石膏墙根本就不隔音。终于，厨房的推拉门被人一下子打开，齐格夫人大步走到客厅，后面跟着她的两个孩子和骨瘦如柴、脸色苍白的丈夫，随后而出的还有两家人，总共九个人。他们大部分人都提着行李箱，有几个人背着双肩包、拎着行李卷。艾伯纳站在厨房门口，看着他们走出去，用力握着门框的手上发白的关节表明他很愤怒。"那就走吧！"艾伯纳轻蔑地说，"我们还能省点儿口粮。走了就别回来！"他摇晃着身体，用颤抖的声音恨恨地说，"没有你们我们过得更好，你们听见了吗？你们听到了吗？我们不需要意志薄弱、眼光短浅的人。"

齐格夫人什么也没说，也没有停下或放慢脚步，但她那张瘦削的脸上满是泪痕。这让罗伊大吃一惊——齐格夫人可是以凶悍闻名的。她走到门廊的时候停下脚步，走过来抱住了罗伊，说道："跟我们走吧。"罗伊在她的怀抱里简直要窒息了。"罗伊，跟我们走吧！你知道你可以离开的。我们重新给你找个地方，所有的事儿都会好起来的。"罗伊什么也没说，克制着自己想要挣扎的冲动。她的拥抱让他很不舒服——尽管这拥抱触碰到了他这些年来有意封藏在内心的某个角落——他无法呼吸，有一刻感觉自己像是掉到陷阱里的小兽，慌乱不已，就好像从美梦中惊醒，要去面对可怕而残酷的现实。"跟我们走吧。"齐格夫人又说了一遍，语气变得急切起来，但罗伊轻轻地摇了摇头，把她推开。"那你就是该死的傻瓜！"她一下子暴跳如雷，高声大叫着，但罗伊只是耸了耸肩，回给她一个伤感的、若有若无的微笑。"真该死——"她又想说什么，但没说出来，眼泪在眼眶里打转，她转过身，匆匆走出了房子，其他人也鱼贯而出。那些孩子——教会的孩子和难民孤儿是彼此隔离的，罗伊只在饭桌上见过他们——走过他身边的时候，都睁大眼睛害怕地看着罗伊。

艾伯纳在房间那头盯着罗伊，目光严厉，满是挑衅的意味，但罗伊还是看出了其中那一丝绝望。在这一刻，艾伯纳看起来信心动摇、脆弱无助。罗伊看了回去，一眼不眨地、平静地迎向他的目光，过了片刻，艾伯纳放松下来，转移了视线，蹒跚着走出房子，他身子倾斜，仿佛风中教堂的尖塔。

在齐格夫人他们鱼贯而出、穿过道路的时候，外面的那群人又嗡嗡起来。当两群人碰到一起，喧哗大起，手臂挥舞，脑袋摇动，还有人冲着房子这边做手势，嗡嗡声高涨了好一会儿才渐渐平息下来。最后，齐格夫人和她的那群人沿着道路向镇子走去，跟随他们离开的还有一些镇子上的人。他们在灰土路上步履蹒跚，没精打采，拖着破旧的行李，没几个人回头看。

罗伊一直看着他们，面容平静，直到他们消失在远处，他的视线一直盯着那条土路。

中午时分，来了一群记者，他们开的是奥马哈东部地区难得一见的甲烷汽车。他们一下车，就先围着那群镇民拍照、采访，然后向房子走来。罗伊看着他们，就像看着一群独角兽——某种罕见的造物遗存。大部分记者可能来自州立大学或者位于阿尔图纳的新的州首府，只有那里才有寥寥的几家小报纸恢复发行。但是，他们中有一个人戴着臂带，表明他是某家丹佛大报纸的头头，可能就因为他，他们才开得上那辆汽车吧。这种感觉很奇怪，仿佛有人提醒你，这个国家还有一些地区过得不错。至少比这儿好得多。当然，它们也并不是完好无损（世界上几乎所有地区都已经沧海桑田），也算不上特别富裕，至少比旧日辉煌差多了。这个国家的西部地区——大概是西经95度到122度之间——还没有遭受水灾，尽管它们也受到了国家经济崩溃和社会动荡的严重打击，但至少大部分的工业基础相对完整地保留了下来。丹佛——美国少有的几个建在高地上的大城市之一，也得以在水灾中幸存下来——现在是州府所在，虽然经济窘迫，物资奇缺，但还是人口激增，拥挤不堪。

艾伯纳走出去迎接那些记者，引着他们离开那群镇子上的异教徒，向房子走来。过了一小会儿，罗伊就听见艾伯纳的声音从外面传来，低沉得像教堂的风琴。记者们走进房间的时候，罗伊已经坐在了餐桌旁，雷蒙和艾伦侍立两旁。

记者们给坐着的罗伊拍照，他镇定地看着他们，礼貌地拒绝了采访的要求。随后，艾伦递给他一份早就准备好的文件，他在上面签了字，复述了艾伦教给他的法律规则。记者们全程都拍了照，随后因为发现从他这里得不到更多的东西，也因为他眼里的冷漠和无可奉告的淡漠让人不舒服，他们就都离开了。

过了几分钟，好像所有的事儿都结束了，好像记者的离开也抽走了可能发生的事情的一切意义，外面的那群人也基本都走了。只有一两个人还留在那儿静静地等着，就像秃鹫一样站在又变得空荡荡的路上。

午饭时没人说话。罗伊吃得很用心，每一口都仔细咀嚼，克莱姆夫人还是那么开心，但其他人却都闷闷不乐，艾伯纳看起来也因为教会的分裂而心思动摇。饭后，艾伯纳站了起来，开始大声祷告。教会的人都静穆地坐着，恭顺地低着头，有些人听着，也有些人没在听。艾伯纳高举双手，伸向天花板上那粗大的黑色橡木，汗水顺着他的脸颊滴下来。这时，彼得急急忙忙跑了进来，犹豫地站在门厅，努力想引起艾伯纳的注意。但当他发现艾伯纳明显是在故意忽视自己的时候，他耸了耸肩，大声地说："艾伯纳，警长来了。"语调平直，不带丝毫情绪。

艾伯纳停止了祷告。他咕哝了些什么，声音嘶哑，语气疲惫，就像是掉在陷阱里的熊瞎子发出的声音——已经折腾得精疲力竭，还有人拿长矛刺它。他慢慢放下了手，一动不动地站在那儿好一会儿，然后颤抖了一下，好像要让自己重新振作、面对现实。他试探地看了一眼罗伊，眼神中似乎还带着些恳求，然后挺直了背，大步向外走去。

他们在客厅见了警长。雷蒙、艾伦和克莱姆夫人坐在破旧的沙发上，罗伊坐在那架已经损坏的钢琴边的长凳上，缩在角落里；艾伯纳则站在稍靠前的地方，两臂紧扣在身后，靴子稳稳地踩在橡树地板上，仿佛他正站在迎风前进的船桥上。警长山姆·布拉多克环顾了一下众人——他的目光在罗伊身上停留了片刻——便不再看大家，直接对艾伯纳开口，就像其他人都不存在似的："你好，艾伯纳。"

"你好，山姆。"艾伯纳平静地说，"你到这儿来总不会就为了打个招呼吧，我猜？"

布拉多克嘀咕了几句什么。他身材矮小粗壮，头发灰白，面容疲惫。他的警服老旧，还有好几处打着补丁，但笔挺干净；后腰上挂着的左轮手枪虽然破旧，也还能用。他把那已经不成形的警帽在手指间转来转去——表明他有些尴尬，但心意已决。终于，他开口说："这件事儿吧，艾伯纳，我是来劝你别犯傻。"

"哦，你现在来劝我？"

"我们想做什么就做什么……"雷蒙突然爆发，尖声大叫着。但艾伯纳挥了挥手，示意他安静。布拉多克懒散地瞥了一眼雷蒙，又看向艾伯纳，疲倦的老脸上表情严肃了起来。"我不会允许你们这么做的，"他说，语气更加严厉，"本郡不希望发生这样的事儿。"

艾伯纳什么也没说。

"你什么也做不了，警长。"艾伯纳最后说，语调甚至有些激昂，但语气控制得很好。"这件事完全合法，没有一点违规。"

"哦，是吗？"布拉多克说，"我不知道啊……"

"嗯，警长，我很清楚。"艾伦平静地开口，"作为受法律批准和认可的教派，我们的活动是完全受法律保护的。类似的先例还少吗？它们大部分还都是最近才发生的，基本不都在去年打赢了官司吗？卡尔顿教派和佛蒙特州的官司，特来霍姆教派和西弗吉尼亚州的官司，灵魂教派和纽约州的官司，还有就在去年的泰勒斯维尔地区的官司，为什么呢？有宗教信仰自由法案啊……"

布拉多克警长叹了口气，默认了他知道艾伦说的是对的——可能他原打算用法律吓唬他们，让他们服从。随后他说道："十人'洪水应急委员会'的那帮人，都该死的吓傻了，整天神神道道着什么世界末日之类的屁话，你们才能够把你们的荒唐想法塞进他们的脑子里。信仰自由法案，什么荒唐的东西，糟糕透了……"

"别管了，警长，你管不了我们……"

艾伯纳突然开口，语调缓慢沉重，带着沉思或者回忆，完全没有在意他刚刚打断了别人的谈话——也许他压根儿没听，"我的祖父就生活在这个农场，还有他的父亲——你是知道的，山姆。他们自给自足，生存繁衍。我的曾祖父几乎不从外面获取什么，除了钉子之类的，没什么他需要买的东西，需要什么就自己做。他们所有的必需品，比如食物、衣服、用具等都自给自足，就在这里——树林里有木头，土地上长庄稼。我们已经不知道他们是如何办到的了。我们忘记了这种古老的生存方式，走得太远，这就是为什么洪水会找上我们，这是对我们的审判，也是鞭笞、淘汰、筛选。过去的时光再现，可我们已经该死的忘了太多的东西，这么绝望无助，现在该死的街上哪儿还有该死的 K-Mart 卖场？！我们必须重新拾回过去的方式，否则就会被这土地抛弃，死无葬身之地……"他出汗了，急切地盯着布拉多克，好像要用目光和意志力让对方相信自己的话似的，"但是这很难，山姆。我们必须花大力气重新学习古老的方式，我们得一边走一边重新拾起来，只能一步一步来……"

"可有些事儿没干比干了好。"布拉多克冷冷地说。

"北边的泰勒斯维尔，去年丰收的时候打了两倍的粮食。想想这对于一个跟我们这儿一样穷的地方意味着什么——"

布拉多克摇了摇他铁灰色的脑袋，像指挥交通似的伸出一只手："我告诉你，艾伯纳，镇子不会容忍这件事儿。我必须警告你，镇子上的一些孩子可能决定要采取法律之外的手段，"他停了一会儿，"而且，我也很乐意私底下帮他们一把……"

克莱姆夫人笑了起来。她一直静静地坐着，听着这场谈话，还不时露出和蔼的微笑，但她此刻的笑声却尖厉得像乌鸦在叫，震惊了整个闷热的房间。"你什么也做不了，山姆·布拉多克，"她高兴地说着，"也没人能做什么。郡里一大半儿的人都支持我们，几乎所有当地人，和许多镇子里的人都是。"她愉快地对他微笑，可眼睛却眯缝着，目光冷厉，"你给我记住，我们知道你住在哪儿，山姆·布拉多克。我们也知道你妹妹住在哪儿，还有她的孩子，就在弗拉明顿……"

"你在威胁执法人员吗?"布拉多克说,目光却转而盯着地板,声音很没有底气,脸色也愈发难看和疲惫。克莱姆夫人又笑了,随后便没有人再说话。

布拉多克低着头站了好一会儿,然后戴上帽子,用手狠狠地压了压,抬起头来,看也不看教会的那些人,转而直接对罗伊说:"你不必和这些人在一起,孩子。这也是有法律规定的。"他死死地盯着罗伊,"只要你说句话,孩子,我就可以带你离开这儿,现在就走。"他表情坚定,手放在左轮枪套上,好像要用这个动作来鼓励罗伊,"他们拦不住我们。怎么样?"

"不,谢谢你,"罗伊平静地说,"我留下。"

那天夜里,艾伯纳紧握双手大声祈祷的时候,罗伊坐在壁炉前昏昏欲睡,毫不在意他的祈祷,只是看着由炉火投影在白墙上的艾伯纳的手势。罗伊知道,他们给他喝的葡萄酒里面加了什么东西,可能是某个家伙保存下来的镇痛药,但他不需要。艾伯纳一直规劝他要保持上帝赐予他的内心平静,但他也不需要。他什么都不需要。他冷静、自持、对周围发生的一切都有一种漠不关心的超然,就好像透过望远镜俯视着世界,只带着平和的科学观察的兴趣看着镜头里的小人们兜兜转转……就像看着静音电视。如果这就是所谓的上帝的平静,早在几个月前,在那个可怕的冬季终于结束的时候,它就进入了他的内心——他是怎样每天十二个小时都在冰雪中、风暴里垒着石基;他们——这些难民和教会的人——又是怎样在饿死的边缘苦苦挣扎。就在那个时候，关于泰勒斯维尔那件事的消息从北边的上层教会传了过来，艾伯纳原本压根儿不在意和他们的教友关系，却开始在晚上给他讲述那些古老的方式……

也许是那年的大寒来得更早些，在灾难发生的第一天，他们驾车驶过正在下沉的布里刚特时，河水已经漫过了丰田车的轮毂盖，他听见托比在他们身后什么地方濒死地狂吠。他的父亲也是在那天去世的，死于心脏病发作，当时他正努力把他们弄上一艘超载的船，这艘船会把他们带到新泽西的"安全地带"。几个月后，他的母亲死在一个被称为"洪水镇"的难民营里。她撑不下去了——在泥里坐了下来，把头枕在膝盖上，闭上眼睛，死了。就像这样。罗伊在洪水镇里无数次见过这种场景，那里的生活可怕至极，就连在艾伯纳农场里的那种狄更斯式的惨淡生活——强迫劳动和口粮短缺——相比之下也确实要好得多。这是奇怪的，是错误的，有时这使他有点烦恼，但他几乎再也不去想他的父母了——好像每次想起这些往事时，他的脑子就自动停转了。他甚至从来没有哭过，但只要他闭上眼睛，就可以看到托比，或他的猫罗勒跑向他，喵喵叫着并高高竖起尾巴，像面旗子。此时，悲伤就会像黑色的胆汁涌上他的喉咙……

他们离开农舍时，天还黑着。罗伊、艾伯纳和艾伦一起走着，艾伯纳拎着一个破旧的大提包。汉克和雷蒙带着猎枪在前面巡逻，以防发生什么麻烦，但下午最后一批看客在几个小时前就被寒冷赶跑了。道路空无一人，在缓慢变亮的黑暗中仿佛一条炭笔画出的线。没有人说话，也没有别的声音，只有靴子踩在碎石上发出的嘎吱嘎吱的声音。凌晨，天又冷了起来，罗伊的光脚在碎石上割伤了，但他还是忍耐着艰难前行，丝毫不理会脚下煤渣和鹅卵石的撕咬。他们的呼吸在苍白的星光里微微冒着热气。他们周围的田野一片漆黑，看不见人影，一直延伸到路的两边。有一次，他们听见什么动物穿过麦茬从他们身边跑开的沙沙声。雾慢慢地在路上流淌，迎面而来，伸出银光闪闪的手指，在他们的腿上缠绕。

东方的天际开始发白，那里的大海就沉睡在山脉的后面。罗伊可以想象海平面越升越高，最终会在山脚的什么地方找到突破口，溢入山后的台地，然后就像这晨雾，持续不断地涌来，汇成一大片平静的水面，慢慢吞没城镇、农场、田地，最后只有树冠还露出水面，就像是落水者高举的手臂，而它们最终也会慢慢滑进水里，不会激起任何浪花……

有只鸟在黑暗中的什么地方啼叫，他们穿过田野，远离大路，脚下冰冷的泥土咯吱咯吱地响，周围干枯的麦茬也发出噼啪声。很快就该播种春小麦了，然后是玉米……

他们停下了。风在黎明中叹息，在世界的咽喉中低语。仍然没有人说话。大家帮他脱下身上穿的旧浴袍。在离开家之前，他已经洗过澡，涂了一层香香厚厚的油，李尔登太太用一把小银剪刀剪了他的一绺头发分给了每个人。

没过多久，他就全身赤裸了，他们催促着他往前走，他的脚步踉跄、缓慢。

他们用应急燃烧棒围了一个大圈，斑斓的火苗在黯淡的晨光里滋滋跳动着，在这个大圈的中间，他们还挖了一个大坑。

他躺在坑里，感觉自己赤裸的后背和屁股陷在冰冷的泥浆里，后脑勺上的头发也被糊住了。他动了动胳膊和腿，几乎没有发出任何声音就陷进了泥浆，然后他伸直身子，静静地躺着。黎明的微风凉飕飕的，他在泥地里瑟瑟发抖，感觉它像巨人的手一样抓住了自己，把他紧紧地裹住，用一种古老、寒冷、非凡的力量把他往下拉拽……

他们聚集在他的周围，从他的角度看，他们无比高大，似乎高耸入云。他们的脸粗糙而棱角分明，布满了线条和阴影，使他们看起来就像简陋的木雕。艾伯纳弯下身子，在提包里翻找着，他那粗糙的木雕脸一度离罗伊的脸很近，他重新站起时，手里拿着一把磨过的猎刀。

艾伯纳开始说话，声音洪亮刺耳，但罗伊不再听了。他平静地看着艾伯纳把刀高高地举到空中，然后转过头往东看，仿佛他能越过绵延数英里的岩石、农田和森林，看到大海在群山背后等着他……

这总够了吧？他的思绪开始断续，完全忽视了周围越来越近的、摇动的、稻草人般的高大身影，目力极往东眺，看向上帝存在的地方……心里在对着上帝，对着大海，对着诸多冷酷的神明讨价还价——锱铢必较又满怀希望，就像市场里的主妇——要用他的生命，用这血红的货币换回最大的回报。这总够了吧？这总行了吧？

　　你现在能住手了吧？

THE LITERARY PORTRAIT OF HEINRICH BANER

by

Lu Qiucha

▽

海因里希·巴纳尔的文学肖像

陆秋槎

　　陆秋槎，复旦大学古籍所古典文献学专业硕士毕业，著有推理小说《元年春之祭》《当且仅当雪是白的》《樱草忌》《文学少女对数学少女》，作品曾被翻译成日文、韩文、越南文。首部科幻短篇《没有颜色的绿》日文版收录于合集《献给群星的花束》，中文版收录于《银河边缘006：X生物》。

本文为《银河边缘》中文版专发篇目。

所有这一切都是"美的"，并且十分强烈地感到自己是"美的"；这是一种残酷的、绝对美的意义上的"美"。一种从不知廉耻、无所指涉、嬉笑闹腾且不负责任的精神中滋生出来的"美"，这种精神，也只有诗人才允许自己拥有。

　　这是我见过的最放肆的美学胡闹。

　　　　　　　　　　　　——托马斯·曼《浮士德博士》

　　作为巴纳尔中尉和妻子玛蒂尔德的第二个孩子，海因里希·巴纳尔1878年4月12日出生于哈布斯堡家族统治下的奥帕瓦。他的哥哥约瑟夫比他早两年出生，未满周岁便死于百日咳。斯蒂芬·茨威格曾这样描述那个时代："拥有财产的人可以精确计算出每年有多少盈利，公务员和军官看日历就能知道自己会在哪一年升职或退休。"巴纳尔中尉本来也应如此，然而他的仕途却断送在了三十五岁那年，也就是海因里希出生的两年之后。他在那年查出了肺结核。又过了两年，不堪病痛折磨的巴纳尔中尉选择了饮弹自尽。失去丈夫的玛蒂尔德带着海因里希回到了因斯布鲁克的娘家，并在五年之后改嫁给了在维也纳经营诊所的汉斯·龚德罗得医生（玛蒂尔德的一个远房姑妈是龚德罗得医生的病人，是她撮合了他们）。自那以后，海因里希·巴纳尔便一直定居于维也纳，直至去世。

再婚时，龚德罗得医生已年近五十。他也曾有过一个美满的家庭，直到一次马车事故让他失去了妻子和两个孩子。和当时维也纳绝大多数知识分子一样，龚德罗得医生雅好文学和音乐，是各大剧院的常客，偶尔也会在报刊上发表一些短诗。在同行阿尔图尔·施尼茨勒的介绍下，龚德罗得医生进入了当时最前卫的文学团体"青年维也纳"的圈子，时常去参加他们在格林斯坦咖啡馆的集会，有几次还带上了仍是中学生的巴纳尔。

当时，帝国教育部并不鼓励中学生从事文学创作，然而一位天才的横空出世，却激励了每一个喜好文学的少年。那个天才就是和巴纳尔就读于同一所中学、比他年长四岁的胡戈·冯·霍夫曼斯塔尔。霍夫曼斯塔尔在十七岁时就匿名发表了《两幅画》等成熟作品，之后更是获准加入了诗人斯塔芬·格奥尔格的小团体，还在格奥尔格主编的《艺术之页》上发表了至今仍是德语文学经典的《提香之死》。

在某个时间段里，霍夫曼斯塔尔曾是巴纳尔的目标。但在之后更长的岁月里，他成了巴纳尔最希望消灭的假想敌。赫尔曼·布洛赫在总结霍夫曼斯塔尔的创作生涯时曾写道：他的一生是种象征，是正在消亡的奥地利、正在消亡的贵族与正在消亡的戏剧的高贵象征——是置身于真空之中的象征，而并非真空本身的象征。

相比之下，巴纳尔的一生更像是"真空本身"。

100

在巴纳尔四十四岁写给友人的一封信里，曾提到他在中学时代和继父打的一个赌。龚德罗得医生答应他，只要他能在中学毕业前在报刊上发表一篇作品——不论是诗歌还是小说，抑或只是篇书评——他就可以自由地选择之后就读的方向；否则的话，他就必须进入维也纳大学医学院，并在毕业后去龚德罗得医生的诊所工作。这场赌局，最终以继父的胜利告终。事实证明，他并不是霍夫曼斯塔尔那样的文学神童。也许正是从那时开始，巴纳尔心中萌生了对霍夫曼斯塔尔的敌意。

在维也纳大学医学院就读期间，巴纳尔终于如愿在月刊《神圣之春》上发表了第一篇作品，一首题为《献给未曾谋面的兄长的挽歌》的组诗。全诗共二十节，每节只有寥寥数行。在这首组诗里，巴纳尔对古希腊的墓志铭文进行了翻译、模仿与改写，每节都以阿纳克西曼德的箴言"万物由它产生，也必复归于它，都是按照必然性"做结。之后他又发表了一些短诗，几乎都是在模仿公元前的诗人，也有些是在模仿他们的德语译本。但这些作品太过古雅、陈旧，没能引起任何人的注意。

在当时，要从医学院毕业，至少需要十个学期。巴纳尔按时修完了所有课程，并跟随约瑟夫·布罗伊尔教授做了一些有关肾病的研究，这也是他成为医生之后主攻的方向。就读于维也纳大学的五年间，他还抽空去旁听了吉多·阿德勒教授的音乐学和弗朗茨·维克霍夫教授的美术史课程。这些知识直到四十年之后他创作那篇恶名远播的《喀耳刻之岛》时才派上用场——尽管是用来诋毁这两门艺术的。

获得医学博士学位之后，巴纳尔按照约定进入继父的诊所做助手。从那时起，他转向了小说创作。或许是因为古希腊没有什么小说可供他模仿，这一次他将目标转向了其他以德语为母语的作家。

1902年，巴纳尔在《时代报》上发表中篇小说《斯卡达内利》。这篇小说几乎照搬了毕希纳的《棱茨》的写法，只是把疯掉的主人公从棱茨换成了荷尔德林。里面引用了一些荷尔德林的诗作，但也有几首是巴纳尔自作聪明伪造的，可惜他作诗的水平着实有限，敏锐的读者一看便知。之后，他又接连发表了几部乏善可陈的短篇。巴纳尔最擅长的便是杂糅两种难以相容的风格，例如以阿达尔贝特·施蒂夫特的笔调写一个弗兰克·魏德金式的故事，或是反过来。这些短篇发表之后若非恶评如潮，便是毫无反响。

这一时期的作品里，唯一为他赢得少许赞誉的是《克里斯蒂娜·菲尔兹》，一个不到三十页的短篇。这篇小说有个《黛西·米勒》式的开头：一位富有且不谙世事的美国女孩造访维也纳，周旋于各怀鬼胎的追求者之间，然而之后的情节展开却是亨利·詹姆斯未曾梦见过的——那个和小说标题同名的女主角，在和一位追求者一起游览萨尔茨堡附近的一座修道院时，忽然受到了圣母的感召，决定出家做一名修女。当时，有评论家夸赞这篇小说后半部分的宗教体验描写很真实。可能正是受到了这些评论的鼓舞，巴纳尔创作了自己的首部剧本《圣女莉德维娜》。

1905年6月22日，《圣女莉德维娜》在城堡剧院上演。该作的故事脱胎于十五世纪的一则圣女传说，女主角莉德维娜全身瘫痪，肢体不断溃烂，却能看到圣母显灵、天使围坐在自己身边等幻象。这部戏剧融合了梅特林克式的象征手法和施尼茨勒式的独白风格，大部分时间是女主角对着空荡荡的舞台自言自语，极其冗长晦涩，演完一遍要四个小时。

世纪之交的那段时间，欧洲的舞台上从不缺少灾难性的首演，剧场里时常能听到倒彩和咒骂声，与之相比，观众对待《圣女莉德维娜》的态度则要温和许多。首演时半数以上的观众没能坚持到最后一幕就离开了，留到最后的观众也未必在看，很可能只是靠在柔软的椅子上补充睡眠。其他城市的首演同样效果不佳。以毒舌著称的卡尔·克劳斯，在自己的杂志《火炬》上写了一篇辛辣的剧评："我们首先应该祝贺巴纳尔医生，他对失眠症的治疗取得了重大进展，这一研究可能会改写整部医学史。但很可惜，这一疗法目前仍存在重大缺陷，所造成的痛苦并不亚于《琥珀魔女》里描述的种种酷刑，一些意志不是那么坚定的患者还没等到疗法生效就夺门而逃了。"

次年，巴纳尔又创作了一部题为《解剖课》的独幕剧。这也是一部无聊透顶的作品，整出戏就是一位教授带着几个医学院的学生，面对一张空荡荡的床，做出解剖尸体的动作，台词里充斥着难懂的医学术语，还有那么几句故弄玄虚、带点哲学意味的话。可能是因为《圣女莉德维娜》的失败，《解剖课》几乎被所有剧院拒之门外，最后巴纳尔不得不自掏腰包，租下了一间小剧场才让它得以上演。巴纳尔向维也纳的各界名流发出了邀请，但大部分人都找借口推托掉了。卡尔·克劳斯也坦言自己收到了赠票，却没有去观看，他还补充说："除非你是马索克笔下的主人公，能从疼痛中体会到快感，否则，谁愿意再看一遍巴纳尔医生的戏剧呢？"

巴纳尔二十九岁时，继父龚德罗得医生因中风去世。在之前一年，巴纳尔已经从身体状况不佳的龚德罗得医生那里接管了诊所。为了让自己显得更成熟可靠，他开始蓄须。目前，我们能看到的所有他的照片都是三十岁之后拍的，全都能看到他那标志性的络腮胡。因工作繁忙，巴纳尔的文学事业开始停滞，一战爆发前的那几年间，他只发表了几首短诗。

他在三十二岁时，与大学同学的妹妹卡特琳娜·施蒂尔结了婚。尽管当时卡特琳娜只有二十四岁，却早已度过了人生最辉煌的时期。她从四岁起便作为神童登台演奏小提琴，在十六岁时到达事业的顶点。当然，明眼人都清楚，卡特琳娜在技术上并没有什么过人之处，她的优势只是甜美的相貌和年龄罢了。所以很自然地，她在年满二十岁之后就被迅速遗忘了。对于二十四岁的卡特琳娜来说，嫁给一位拥有私人诊所的医生，或许是最好的选择了。他们的长女贝蒂娜在两年后出生，之后是次女伊丽莎贝特。后来，这两个女儿都在不同方面影响了巴纳尔的创作。

战争爆发之后，巴纳尔作为军医前往东线战场。但很可惜，这段经历没能让他像汉斯·卡罗萨那样，写出一部类似《罗马尼亚日记》的杰作。巴纳尔在目睹了最惨烈的战况之后，只创作了一批歌颂战争和帝国的诗歌，以及一部讽刺俄国人的小短剧。与俄国的战事结束后，巴纳尔回到了维也纳。没过多久，他的母亲玛蒂尔德死于西班牙流感。

进入二十年代，巴纳尔的文学事业仍没有什么进展。他在整个二十年代只发表了一些诗歌和评论。这些诗歌同样不乏模仿、拼凑的痕迹。在某段时间，他甚至效仿斯塔芬·格奥尔格的做法，不将名词大写，还盗用了格奥尔格发明的标点符号。这自然引起了格奥尔格的小圈子的不满，他们纷纷撰文抨击巴纳尔的作品。这场风波导致巴纳尔在之后的两年间都没敢发表新作。

在1923年出版的《文学动物大百科》一书里，弗朗茨·布莱专门为巴纳尔设置了一个条目：海因里希·巴纳尔是一只贪得无厌的小松鼠。只要是视线所及的坚果，他都要含进嘴里。捡来的坚果塞满了他的口腔，让他根本无法咀嚼，更不要说消化了。如果哪颗坚果从他嘴里滚了出来，他也不会记得那是从别人那里捡来的，反而以为是从他体内孕育的、类似结石的东西。

这段话很适合用来总结他三十年代之前的创作。

贯穿其写作生涯的除了生吞活剥与生搬硬套之外，还有对霍夫曼斯塔尔的敌意。从日记和书信来看，巴纳尔一直梦想着有朝一日能在文学成就上超过霍夫曼斯塔尔。然而直到对方去世，他都没能得到与之相提并论的资格。

霍夫曼斯塔尔的诸多名作之中，1902年发表于《日报》的《钱多斯爵士的一封信》堪称经典中的经典。在这篇小短文里，霍夫曼斯塔尔虚构了一位辍笔两年之久的诗人钱多斯爵士，让他致信罗吉尔·培根，说明自己中断文学创作的理由。在这篇小说发表之后不久，巴纳尔就写了一篇恶毒的评论，发表在《现代评论》杂志上。巴纳尔从医学的角度解释了为什么文中的钱多斯爵士会对语言产生焦虑，援引了许多同时代的学者对失语症的研究，其中还包括弗洛伊德的论文。在文章结尾处，他以医生的口吻告诫霍夫曼斯塔尔：如果自己也像笔下的钱多斯爵士那样对语言怀有焦虑，最好尽快就医，以免耽误病情。

巴纳尔在日记和书信里对霍夫曼斯塔尔的攻击，还要更加肆无忌惮。平心而论，他的日记和同时代的人相比要无趣一些，多数情况下只是机械地记录每天发生的事情，而不加评论。他记录了自己观看过的所有戏剧、歌剧以及音乐会，却只是写下剧目或曲目、表演者以及地点，而绝少谈及内容和观众们的反应。如在1908年12月21日的日记里，他提到自己去听了勋伯格第二弦乐四重奏的首演，但也仅仅是提到了而已，对于那惊世骇俗的音乐和听众更加惊世骇俗的反应，巴纳尔只字未提。然而，凡是与霍夫曼斯塔尔有关的作品，他都会不吝笔墨地对内容大加批判、极尽挖苦之能事，就连理查·施特劳斯根据霍夫曼斯塔尔的剧作改编的歌剧也不放过。

为了能尽早欣赏到宿敌的新作，巴纳尔在1911年1月特地乘车去德雷斯顿观看了《玫瑰骑士》的首演。他在当天的日记里，对这部歌剧进行了近乎无理取闹地批判，就连让次女高音扮演男主角这一点也引起了他的不满。在提到歌剧开头男主角与元帅夫人调情的段落时，巴纳尔将之斥为"歌剧史上最有伤风化的一幕，把妓院里的同性恋表演搬到了歌剧院的舞台上"。而在观看了《阿里阿德涅在纳克索斯》之后（这部歌剧的修订版于1916年在维也纳首演，当时巴纳尔正在东线战场，得知这个消息时他甚至为不能到场感到遗憾），他再次揪住这一点不放，甚至把矛头指向作曲家——"我无法理解施特劳斯这样一个体面人，怎么会允许让次女高音来扮演作曲家这个角色，莫非他就是这样看待自己的？"

与之形成鲜明对照的是1918年10月14日的日记，他去看了理查·施特劳斯遭禁多年的歌剧《莎乐美》在维也纳的首演。这一次的剧本显然更过激，但因为出自王尔德而非霍夫曼斯塔尔之手，巴纳尔只是机械地记下了演出地点和主演名单。

如果巴纳尔像霍夫曼斯塔尔那样在二十年代末去世，他将只是"世纪末的维也纳"的一个微不足道的注脚，仅为最渊博的德语文学研究者所知。如今我们仍能在文学史上看到海因里希·巴纳尔这个名字，完全是因为他三十年代之后的创作——他写下了一批德语文学史、同时也是科幻文学史上最荒唐可笑的作品。也是从三十年代起，次女伊丽莎贝特成了他的骄傲，长女贝蒂娜则成了他烦恼的源泉。

贝蒂娜在二十岁之前都生活在父母的阴影下。起初，卡特琳娜试图将她培养成像自己一样的音乐神童。贝蒂娜的小提琴拉得也并不比幼年时的卡特琳娜逊色多少，只是正好遇上了战争和战后的混乱年代，没能引起什么注意。眼看着女儿的音乐活动半途而废，巴纳尔决定将她培养成像自己一样的医生。贝蒂娜从女子中学毕业之后，按照父亲的安排进入维也纳大学医学院就读（早在巴纳尔就读时，医学院就已开始招收女生）。

然而，和当年的巴纳尔一样，贝蒂娜对医学也没多少兴趣，反倒是莫里兹·石里克教授的逻辑实证主义哲学更吸引她。在一位匈牙利友人的介绍下，她进入了那个圈子，并在两年后擅自转到了哲学院。这自然引起了巴纳尔的不满，他扬言要断绝父女关系，不再支付贝蒂娜的学费，但这也没能让女儿乖乖回到医学院去。他们之间的冷战整整持续了两年。

相比之下，伊丽莎贝特的成长环境要宽松很多，卡特琳娜甚至一度因无暇顾及她而把她交给祖母玛蒂尔德抚养。伊丽莎贝特十岁时，和家人一起去看了莫扎特的《后宫诱逃》，从此就打定主意要做歌剧演员。当时正值贝蒂娜的音乐活动受挫，卡特琳娜并不赞成伊丽莎贝特学习声乐。但很明显，巴纳尔相比小提琴更喜欢歌剧。从那时起，在父亲的支持下，伊丽莎贝特开始上昂贵的声乐课。在十八岁时，她离家前往萨尔茨堡莫扎特音乐院，师从女高音玛丽·古特海尔-肖德。

早在二十年代初，巴纳尔就萌生过创作歌剧剧本的念头。这很大程度上也是为了向宿敌霍夫曼斯塔尔发起挑战。但他的戏剧全都以失败告终，自然不会引起哪位作曲家的兴趣。进入三十年代之后，尽管没有得到作曲家的邀请，巴纳尔还是接连创作了几部歌剧剧本，一方面可能是霍夫曼斯塔尔的去世让他以为自己有机会乘虚而入，另一方面则是他梦想着能让伊丽莎贝特演唱自己的作品。

巴纳尔在1932年6月完成了第一部歌剧剧本《齐格弗里德号出航》。标题里的"齐格弗里德号"是一艘齐柏林飞艇。巴纳尔在1931年观看了"齐柏林伯爵号"飞抵维也纳的情景，因此有了灵感。这部作品堪称巴纳尔创作生涯的转折点，从此他彻底告别传统文学，一脚踏入了同龄的德语作家绝少涉足的领域——科幻。当然，这并不意味着他从此摒弃了拙劣的模仿而开始原创。恰恰相反，巴纳尔转向科幻创作，很大程度上是受到了当时流行的"未来小说"的影响。他后期作品里的许多点子，也是直接从这些"未来小说"里撷取而来的。

从二十年代后半段开始，巴纳尔的日记里就时常出现"未来小说"的读书笔记。这些小说大多粗制滥造，鼓吹一种自欺欺人的民族主义，情节往往是德意志民族掌握某种高精尖技术之后称霸了世界，偏偏这些所谓的高精尖技术又根本经不起推敲。巴纳尔欣赏的作品，主要包括凯绥·利瑟－施特朗克的《自由之光》（1920）、威廉·盖勒特的《三大陆的悲剧》（1922）和海因里希·因弗尔的《爱丽丝，德意志的新殖民地》（1925）。在这些作品里，对他产生了最直接的影响的，要数恩斯特·奥托·蒙塔努斯在1921年发表的《西洋的拯救——现代尼伯龙根传奇》。正是这本小说给了他后来创作四联剧的灵感。

说回《齐格弗里德号出航》。整出歌剧由三幕构成。

第一幕有一点剧中剧的味道，是一场为庆祝战争双方在和谈中达成一致而举行的音乐会。按照巴纳尔的设计，舞台右侧将摆满凳子，作为剧中的观众席，上面坐满扮演政要和伤兵的演员。所有的演出都会在舞台左侧进行。演出的内容包括各种歌颂和平的独唱与合唱，以及各国风格的芭蕾舞。在第一幕结尾，女主角玛丽亚登上舞台，演唱一首题为《醒来吧，德意志的灵魂……》的咏叹调。唱到一半的时候，舞台上的"观众"会跟着唱起来，形成一首大合唱。在合唱的结尾处，乐队奏出最强的不谐和音——首都遭到了敌军的偷袭，歌剧院也没能幸免，成了轰炸的目标。

第二幕全都发生在起火的歌剧院里。危急关头，坐在台下的男主角费舍尔少尉保护了女主角，他们一起在火焰中逃生。

在这一幕结尾，即将与搜救队会合的两人发现了被吊灯砸中的敌国女歌手，男主角抬起吊灯将她救出。但这位敌国的女歌手伤势太重，已经无力回天。她在临终前告诉他们，其实自己早就知道军方的行动计划，但为了祖国，她必须牺牲。两人得救之后，女主角表示，就连劣等人种的女性都能为祖国赴死，自己也不愿在后方苟且偷生，她决定登上男主角所在的飞艇，为将士们献唱。

标题里提到的"齐格弗里德号"直到第三幕才出场。这一幕发生在供飞艇停靠的停机坪。这是整部歌剧最空洞乏味的一段。前半部分全都是男主角在向女主角吹嘘"齐格弗里德号"如何厉害，他详细地描述了空艇为何能起飞、马达的型号以及装载的武器。巴纳尔还特别安排了士兵为飞艇装填超大型高爆弹"诺通"的场景。第三幕后半是"齐格弗里德号"启程奔赴战场的场景。由女声合唱团扮演的市民站在舞台左侧，由男声合唱团扮演的飞艇上的士兵则站在右侧，男女主角在中间。最后，整出歌剧在一首名为《唯有在熊熊烈火里，祖国……》的大合唱中落幕。

完成了《齐格弗里德号出航》的初稿之后，巴纳尔亲手誊抄了一份，通过马克斯·施坦尼策转交给理查·施特劳斯（施坦尼策是作曲家的友人兼首部传记的作者）。当时，理查·施特劳斯正在与茨威格一起创作歌剧《沉默的女人》。在一封写给茨威格的信里，施特劳斯提到了巴纳尔的剧本，不无嘲讽之意。"我不敢想象,"这位号称能为菜单谱曲的作曲家如是写道,"观众在歌剧院里听到男高音唱出'加特林机枪'或'迈巴赫引擎'一类的词,究竟会做何反应。"不过,他写给巴纳尔的回信还是相当客气的,只是说自己手头还有别的工作,没有精力为这部剧本谱曲。后来,巴纳尔还托人将剧本交给了汉斯·普菲茨纳,结果这一次他根本就没收到回信。

此番碰壁之后,巴纳尔开始酝酿更大规模的写作计划。他坚定地认为当下的德语世界需要瓦格纳式的乐剧（Musikdrama）,特别是《尼伯龙根的指环》那样的大型作品,唯有这样才能激励整个民族。在《西洋的拯救——现代尼伯龙根传奇》等"未来小说"的启发下,巴纳尔于1933年开始构思他一生中最庞大的作品——一部讲述日耳曼民族带领人类对抗外星文明的四联剧。他将这一构想称为"太空乐剧"（Weltraummusikdrama）。

起初,巴纳尔打算把《齐格弗里德号出航》作为四联剧的第一部,但很快就改变了主意。一位曾在他的诊所做助手的青年从德国回到了维也纳。巴纳尔在日记里称他为"约瑟夫",其姓氏和生平已无从稽考。我们所能知道的只是他在德国成了纳粹党员,是"带着任务"回到维也纳来的。这个名叫约瑟夫的青年,在1934年11月探望了巴纳尔,为他绘声绘色地描述了在纽伦堡举行的"党大会"的情形,说不定还有不少添油加醋的成分在里面。这些描述给了巴纳尔重写四联剧第一部的灵感，他决定让这部注定无法上演的作品以气势恢宏的阅兵式开篇。最终，他在1936年年底完成了这部"前夜剧"的初稿，并将其命名为《帝国的行进》。

若从剧情的角度看，《帝国的行进》的无聊程度与莱尼·雷芬斯塔尔执导的电影《意志的胜利》不相上下（两者都是因1934年的纽伦堡党大会而诞生的作品）。整部歌剧的前半部分就是各个兵种走方阵，然后是青年团的方阵，最后是一般市民。这些游行队伍都由芭蕾舞演员扮演。元首则不会出现在舞台上。所有方阵走完一遍之后，巴纳尔最喜欢的大合唱自然不会缺席。

歌剧的后半部分则是各种"新式武器"的展示。尽管做过军医，巴纳尔显然对兵器一窍不通，剧本里出现的所有"新式武器"几乎都是从他读过的"未来小说"里抄来的，例如卡尔·巴茨的《1960年的战争》里的"消音加农炮"和"失明瓦斯"、阿尔弗雷特·莱芬伯格的《邪神摩洛克的末日》里的"死亡光线"，此外，还有球形的飞行器、球形的潜水艇和球形鱼雷。不知为什么，他仿佛认为只要把什么东西做成球形，就会显得很先进。而所有登场的兵器中，最能暴露巴纳尔（在医学之外）的自然科学水平的，要数"地底雷达"了。他特地安排了一个唱段来说明这种"地底雷达"的工作原理——帝国的潜水艇抵达北极，从开在北极点的洞钻到地心，在地球内部用雷达探测敌军的潜水艇。很明显，只有信奉"地球空洞说"

的疯子才会认为这种雷达能奏效。

在巴纳尔埋头创作《帝国的行进》的那段时间里，贝蒂娜和伊丽莎贝特的生活都有了重大变化。

贝蒂娜和父亲的冷战在1934年结束了，他们又开始像往常一样，每天早上一边喝咖啡一边闲聊。她有时会聊到科学界的最新进展，也提到过一些维也纳小组成员的研究。我们很难指望信奉"宇宙冰起源说"的巴纳尔能听懂贝蒂娜在说什么。不过，几年之后，巴纳尔的确将从女儿那里听来的某个学说用于创作，从而引发了灾难性的后果。

从1936年年初开始，一个名叫约翰·内贝克的男生开始追求贝蒂娜，并在遭到拒绝后开始跟踪她。贝蒂娜向石里克教授求助，这一举动却让内贝克将石里克认定为情敌。6月22日，他在教学楼的走廊里枪杀了石里克。贝蒂娜目睹了这一惨剧。石里克的死导致了维也纳小组的解体，也让贝蒂娜陷入了短暂的精神错乱。后来在巴纳尔的安排下，贝蒂娜开始了周游欧洲的疗伤之旅，最终再也没有回到维也纳这个伤心之地。她于1938年在瑞士的巴塞尔定居，在一间女子中学教授数学，直到1977年死于车祸。(顺便一提，当时许多民族主义者误以为石里克是犹太人，纷纷将杀人犯内贝克吹捧为民族英雄。德国吞并奥地利之后，内贝克被释放并加入了纳粹党。他一直活到1954年，还曾因为克拉夫特在《维也纳学派》一书中将自己描述为"神经错乱的前学生"而控告对方侵犯名誉。)

1936年对于伊丽莎贝特来说，却是事业起步、崭露头角的一年。8月，她在古特海尔－肖德的推荐下参演了萨尔茨堡音乐节的《玫瑰骑士》，饰演苏菲一角（古特海尔－肖德自己饰演元帅夫人）。在出演父亲撰写剧本的歌剧之前，伊丽莎贝特先演唱了霍夫曼斯塔尔编剧的作品，这对于巴纳尔来说一定是个不小的打击。这或许就是他没有去观看女儿的初次登台的原因，尽管他给出的理由是需要照顾精神错乱的贝蒂娜。最终，卡特琳娜一个人去看了演出。

自那以后，伊丽莎贝特在一些地方小剧场饰演过主角。她是个矮小、瘦弱的姑娘，肺活量和戏路都很有限。她最擅长的角色是《魔笛》里的帕米娜。可能很少有哪个女高音，能像她一样把《啊，我感到了爱的消逝》唱得那么婉转凄恻。

巴纳尔在德国吞并奥地利前夕，完成了四联剧的第二部《赫尔曼计划》。和《齐格弗里德号出航》一样，这次的女主角在剧中也是个女高音歌手。像是生怕别人不知道女主角是以谁为原型设计的，巴纳尔将她命名为伊丽莎贝特——和自己的次女同名。而这出戏的男主角则是伊丽莎贝特的父亲。幸好他还没有自恋到把这个角色命名为"海因里希·巴纳尔"的程度，而是用了一位大学同学的姓——科尔默。瓦尔特·科尔默在现实里是位医学教授，当时已不在人世；而在剧中，他成了一位理论物理学家。

《赫尔曼计划》是一部充满政治阴谋的作品。表面上，科尔默教授和女儿伊丽莎贝特是流亡者，因在帝国受到了不公正待遇而前往美国寻求政治庇护。不过，这背后有一个不可告人的目的，他们此行是要执行一项秘密任务，即标题所谓的"赫尔曼计划"。剧本里花了很多篇幅来描述美国的堕落——青年人沉迷致幻剂无法自拔。在巴纳尔笔下，美国最大的制药公司发明了给致幻剂编码的机器，可以精确计算每一滴致幻剂给使用者造成的幻觉。通过这种方法，他们可以控制使用者看到怎样的场景，有怎样的体验。

按照计划，科尔默教授需要让一份秘密文件落入美国军方之手，文件里记载了一种新型能源的获取方法。但实际上，一旦美国人按照秘密文件进行实验，就会造成灾难性的后果。为了增加秘密文件的可信度，科尔默教授没有直接把它交给军方，而是设法让对方自作聪明偷走它。要完成这个任务，就需要女儿伊丽莎贝特的帮助。

为了能从他们这里窃取情报，一个美国军官有意接近伊丽莎贝特，伊丽莎贝特也逢场作戏与他周旋。某天，那位军官来到父女俩的住处，诱使她服下致幻剂，伊丽莎贝特没有拒绝，之后的几个场景全都是她看到的各种幻境。等她醒来，军官已经离开了，还带走了那份秘密文件。在剧本的尾声，美国人按照文件进行了实验，实验释放出的"微波辐射"（这一定是巴纳尔从贝蒂娜那里听来的词）摧毁了整个美国的电力系统。就这样，帝国军队不费一兵一卒就占领了美国。

完成了四联剧的前两部之后，巴纳尔再次开始为他的剧本物色作曲者。这个时候，理查·施特劳斯因与犹太人茨威格合作而身陷麻烦。于是，巴纳尔再次把剧本寄给了上次没有回信的汉斯·普菲茨纳。这一次普菲茨纳很礼貌地回了信，却坦言自己年事已高，一些家事也牵扯了他太多精力（应该是指女儿阿格尼丝的自杀），无暇创作体量如此庞大的歌剧。

再次碰壁的巴纳尔继续写作四联剧的第三部《神怒之日》。按照他的构想，这一部会讲述美国人试图反攻，但遭到帝国有力镇压的故事，而在这部歌剧的结尾，外星文明将会开始进攻地球。不过，他到最后也没能完成这部剧本。至于第四部，更是连梗概也没有留下，我们只知道他拟定了一个标题叫"人类的曙光"。

1939年9月，巴纳尔和妻子一起去萨尔茨堡探望伊丽莎贝特，在那里参观了纳粹政府为诋毁现代艺术而举办的"颓废艺术展"。在这场臭名昭著的巡回展览中，现代派美术被打上"颓废艺术"的标签，以侮辱性的方式向观客展示。作为对比，纳粹还同时举办了"大德意志展"，用来展示一些官方推崇的写实风格作品。这次观展经历给了巴纳尔灵感，让他暂时搁置了《神怒之日》的写作，转而创作了一部中篇小说《喀耳刻之岛》。这篇无心插柳之作改变了巴纳尔的命运。

《喀耳刻之岛》很可能是人类历史上最刻薄、恶毒的小说。与它相比，卡尔·克劳斯那不留情面的评论简直就像枕边絮语一样温柔。这篇小说套了一个冒险小说的框架，其本质却像是一篇艺术评论——确切地说，是对现代艺术的含血污蔑。小说开篇，一位"德意志画家"遭遇海难，漂泊到了一个与世隔绝的孤岛上。岛上生活着一群茹毛饮血的野蛮人，他们说着英语和法语混合而成的奇怪语言。后面的情节，不过是在向读者展现这些野蛮人的艺术。

野蛮人有个被他们称为"艺术殿堂"的洞窟，洞窟的墙壁上全都画满了他们的作品。主角举着火把，在一个野蛮人的带领下游览了洞窟。洞窟的整体布置很像巴纳尔在萨尔茨堡观看的"颓废艺术展"，每一个洞窟里都展示了一种风格的绘画。在某一个洞窟里，壁画里的人物都被拉长了，就像是从一个小圆球里伸出几根触手，而且被涂上了怪诞的色彩；在另一个洞窟里的壁画中，所有人都被画成了黑色的侏儒。主角还看到了野蛮人作画的情景。一个野蛮人把自己倒吊起来，在墙壁上画下一些谁也看不懂的色块；另一个野蛮人则把自己全身涂满颜料，不断往墙上撞去，直到头破血流，倒在地上。

除了绘画，现代派音乐也成了巴纳尔攻击的对象。按照他的描写，这群野蛮人连十以内的加减法都不会，却准确地算出了十二平均律。但很不幸，他们并没有掌握任何有关"调性"的知识。所以对于他们来说，作曲仅仅意味着把音符胡乱地排列起来。很显然，巴纳尔在这里影射了勋伯格创立的"十二音音乐"。为了写作这一段，他特地写信向勋伯格的弟子安东·韦伯恩讨教过（巴纳尔在大学旁听吉多·阿德勒的音乐学课程时，韦伯恩正好在跟随阿德勒学习，他们有近四十年的交情）。韦伯恩不吝赐教，在回信中详细地解释了"十二音音乐"的作曲原理，巴纳尔则几乎原封不动地把他的话照抄了进去，只不过，在小说里，这些话出自一位食人族长老之口。

巴纳尔甚至还批判了当时尚不成气候的"微分音音乐"。小说中，有几个野蛮人作曲家不满足于十二平均律，而是将一个八度分成六百六十六个音，其中的微妙区别普通人的耳朵根本听不出来，只有吃下某种毒蘑菇或是感染了性病的人才能欣赏得了。

在小说的结尾，主角在野蛮人面前画下了"德意志艺术"。那群野蛮人看到"真正的艺术"，纷纷发狂，跳进海里自杀了。就在那天傍晚，一艘挂着第三帝国国旗的军舰停靠在岸边，将主角接回了"伟大的祖国"。

《喀耳刻之岛》于1940年6月出版，上市后得到了美术学者保尔·舒尔茨－瑙姆堡和沃尔夫冈·维尔里希的盛赞，还引起了刚刚就任维也纳总督的巴尔杜尔·冯·席拉赫的注意。巴纳尔自此成了席拉赫的座上宾。席拉赫本人就是一位音乐爱好者，他的父亲做过歌剧院经理，姐姐罗莎琳德是位十分出色的女高音歌手。听说巴纳尔创作四联剧的计划之后，席拉赫许诺会帮他物色一位合适的作曲家。

席拉赫很快就兑现了诺言，将巴纳尔介绍给了维也纳爱乐乐团的实际掌权者、纳粹党员威廉·叶尔盖尔。叶尔盖尔也是吉多·阿德勒的学生，精通音乐理论，也是位相当优秀的低音提琴演奏者。但他的作曲水平着实有限，格局狭小，且执着于复古风格，很明显并不适合为巴纳尔的四联剧谱曲。为了讨席拉赫欢心，叶尔盖尔先为巴纳尔的几首短诗谱了曲，在1941年5月席拉赫的生日会上，他最喜欢的男高音格哈德·胡希演唱了其中的两首。叶尔盖尔刚开始为《帝国的行进》谱曲，就发现有些力不从心。他最先完成了第一幕的大合唱，写了一首风格近乎海顿《临终七言》的赋格曲。席拉赫听了试奏之后很不满意，决定另找一位谱曲者。他拟定的人选有保尔·格莱纳和维纳·艾克。

在与这两位作曲家沟通时，纳粹御用导演法伊特·哈尔兰找到席拉赫，希望能在奥地利拍摄一部电影，并由一位奥地利作家创作剧本。就这样，为哈尔兰的新片创作剧本的任务落到了巴纳尔头上。作为老派的维也纳人，巴纳尔对电影这门新兴艺术毫无兴趣，但他也没有不识时务到拒绝席拉赫的地步。

当时德国已展开对苏联的攻势，战争进入白热化。哈尔兰希望能拍摄一部"普通士兵为元首献身"的电影。经过两人的商议，决定将主角定为元首身边的警卫员，故事则是他挫败了敌人刺杀元首的阴谋。这本是一个很容易完成的命题作文，巴纳尔却始终放不下他对"未来小说"的偏好，自作聪明，最终搞砸了一切。

巴纳尔将故事的舞台设置在自己的母校维也纳大学。按照他的设定，当时一位教授正在研究一台时间机器，能将人送回过去。这项研究已经取得了初步成果。元首准备去视察那位教授的实验室。男主角作为元首身边的警卫员，必须保证此行的安全。然而，在视察结束之后，元首刚刚走出实验室，就被一枪击中，当场毙命。看着元首在面前遇害，主角不顾教授的阻拦，进入尚未完成的时间机器，回到了几小时前。

这一次，主角成功地揪出了刺客，但当元首走出实验室所在的建筑时，忽然有一辆汽车向他撞去，敌人的阴谋再次得逞了。于是，主角再次使用时间机器回到过去。因为时间机器还在研制中，每次使用都会对主角的身体造成巨大的副作用，并且每次回到过去之后，为了不让处于过去时空中的自己出来添乱，他必须亲手杀掉另一个自己。这样反复了几次之后，主角终于为元首清除了所有危险与障碍，他的身体也不堪重负，开始发生病变。

然而，就在元首即将坐进安装有防弹玻璃的汽车里时，主角忽然失去了意识。回过神来，他发现元首已倒地身亡，而自己手中握着枪，周围其他警卫员都持枪对着自己——看样子，这一次他成了杀害元首的凶手。他一路躲闪，时而与战友交火，身中数枪之后，终于来到了放置时间机器的实验室，再次回到了过去。

他把事情的原委告诉了教授，教授则表示他一定是受到了敌人的"心理暗示"，所以才会在元首坐上车前痛下杀手。经过简单的包扎，主角再次杀死了过去的自己，并阻止了对元首的每一次刺杀，最终举起枪来，对准自己的太阳穴……

关于巴纳尔为何会想出这样一个时间机器的故事，贝蒂娜曾给出过解释。大约是在1935年，她曾在某次早餐时和巴纳尔提起自己的一位"匈牙利朋友"的研究。她的那位匈牙利朋友——或者我们用姓名来称呼他，库尔特·哥德尔——认为在某些条件下，能够设计出一种满足广义相对论方程的特殊宇宙模型，在这个宇宙里存在闭合的时间线，这也就意味着粒子有可能回到过去。不过，当时哥德尔正沉迷于"连续统假设"的证明，直到1949年才发表了自己对广义相对论方程的研究。他一定不会想到，早在1941年就有人在"哥德尔宇宙"的启发下，写了一篇讴歌纳粹的作品。

这部题为《为了元首》的电影剧本彻底毁掉了巴纳尔，也毁掉了他有关四联剧的种种幻想。起初哈尔兰没有发现剧本有什么不妥，反倒是他的助理点醒了他，"巴纳尔先生到底有多恨元首，才会在剧本里让他一次又一次被杀害。"就这样，巴纳尔受到了盖世太保的调查。另一项针对他的指控是，他在剧本里有关"心理暗示"的部分，使用了弗洛伊德的精神分析学说，这在第三帝国是被明令禁止的。对此巴纳尔辩解说，自己参考的是希波莱特·伯恩海姆教授的论文——幸好审问他的盖世太保并不知道，伯恩海姆是个法国人，还做过弗洛伊德的老师。

这些调查最终在席拉赫的介入下不了了之。从此之后，巴纳尔成了盖世太保监视的对象。他们甚至时常登门拜访，看看巴纳尔有没有再写出什么"诅咒伟大元首"的东西。这件事也让卡特琳娜受到了极大的刺激。某天夜里，盖世太保像往常一样敲响了巴纳尔家的房门，卡特琳娜却迟迟没有去应门。后来，巴纳尔和盖世太保一起发现了倒在厨房里的卡特琳娜，她已死于突发的心脏病。巴纳尔的挫败也影响了伊丽莎贝特的事业，在那以后，她只能在小剧院演些不起眼的小角色。

1944年9月，海因里希·巴纳尔死于盟军的轰炸，终年六十六岁。他的大部分藏书和手稿也在战火中焚毁，包括四联剧后两部的草稿和其他一些未完成的作品。反倒是绝大部分的书信和1935年之前的日记，因存放在地下室而保存了下来。

一年之后，伊丽莎贝特在一家小酒馆卖唱时被一名喝醉了的美军士兵射杀。她身中四枪而死，但军事法庭认定这只是一起走火导致的意外事故，那名士兵很快就被无罪释放了。

THE WINGS THE LUNGS, THE ENGINE THE HEART

by

Laurie Tom

▽

双翼代肺，引擎作心

〔美〕谭丽云 著 / 冯南希 译

谭丽云，美籍华裔，2010年"未来作家大赛"金奖获得者。她曾在《索拉里斯崛起》科幻选集和《半影》杂志上发表过作品。此外，她还在《银河边缘》美国版发表过多篇小说。

卡尔在少许清水中搓洗着双手，水的配额不多，得紧着点用。他隐约听到一阵剐蹭地板的声响——穆勒正把心箱从手术室另一头的仓库里拖过来。防水布掉下去，发出一声闷响。拖车小巧的木轮子在坑坑洼洼的地面上晃晃悠悠地滚动着。

卡尔甩干手，瞥了一眼墙壁上那根靠在脸盆旁的拐杖。有时经历了一整天漫长的工作之后，他会用一下拐杖，但是今天下午，他自我感觉不错——而且他不希望别人因为这点身体缺陷，让自己放弃这场手术。

"我们的配型血液够吗？"他问穆勒。

"我觉得够了，卡尔医生。"

穆勒的回答并没有增加卡尔的信心。不过对于眼下的手术而言，能够增加信心的事物本来就少之又少。

输血仍是一种新技术，而这座摇摇欲坠的设施与医院的其他部分区隔开来，自成一体。出于某种特殊目的，德意志皇帝下令在里面搭建了一间特别的手术室。

穆勒往手术台旁的托盘里放了一叠纸，上面记载着将心箱连接到病人身上的方法。为了准备这台手术，这些资料卡尔已经读过很多遍了。

手术室的门砰的一声打开了，奥斯特曼走进房间，"他们快到了！"护理员递给卡尔一沓字迹潦草的笔记。卡尔瞄了几眼便交给了穆勒，后者把它们放在了心箱说明书的旁边。

卡尔高兴不起来，但此刻他至少得到了做本职工作的机会。他很乐意通过做手术来保全士兵们的性命，哪怕他们四肢残缺，但军队不会把这样的人送过来。

事与愿违，他不得不跟施泰因费尔德医生研发的怪物打交道。好医生施泰因费尔德绝不会冒险将脖子探到如此靠近前线的地方，毕竟协约国的炸弹极有可能把他炸得重新去投胎。而卡尔和其他一小批人就像胡狼一般，被派遣到西线：每人配备一套丑陋古怪的设备，每当找到合适的人选时，这些设备就会派上用场。

他需要一名濒死或刚死的士兵，但身体必须足够完整，才能够执行复活后的任务。然而要想实现这一需求困难重重：战壕里的士兵往往要么被炸得血肉横飞，要么被毒气熏得起泡溃烂，更别提疾病很可能抢先一步夺走他们的性命。

这样的等待让卡尔感到空虚和沮丧。

奥斯特曼拉住门，领进来两个抬着担架的人，担架上有一具躯体。他们敏捷地把"货物"转移到手术台上，动作莫名地恭敬。

卡尔指挥手下脱掉了病人的衣物，并冲洗了他的身体。然后，他问抬担架的两名士兵："他是怎么死的？他看上去已经死了。"

"降落时，他的下巴可能狠狠地撞上了机枪托，但应该不是致命伤。我们认为是一枚子弹穿透了他的躯干。"

卡尔的目光越过说话士兵的肩膀，看了一眼手术台上那个年轻人青紫的脸庞，认同了他的说法。如果他能复活，脸上的伤也会痊愈的。不过，卡尔更希望得到一个垂死之人而非一具尸体，因为他不知道施泰因费尔德的心箱能够在人死之后多长时间内发挥作用——若它真能发挥作用的话。但是，除了已经死去的尸体，他很难要求得到更好的实验对象了。

"降落？"他问。

"他的三翼飞机，先生。请您……"士兵的声音突然颤抖起来，"一定要把他救回来。为了找回他，很多人失去了生命。"

卡尔皱起了眉头，"看在上帝的份儿上，这人到底是谁？为了找到他的尸体竟然不惜让战士们送死。"

"骑兵上尉，曼弗雷德·冯·里希特霍芬[1]。最高指挥部想要……"

卡尔不想再听了。噢，他知道最高指挥部的心思，并且嗤之以鼻。

他命令士兵出去，然后看向自己的手下。他们已将心箱推到手术台边，一切准备就绪，就等手术开始了。这恶心的玩意儿高及成人的腰部，宽度几乎和士兵的床铺差不多。穆勒转动曲柄，机器嗡嗡作响；护理员检查着士兵留下的实验对象的病

1.曼弗雷德·冯·里希特霍芬（1892—1918），第一次世界大战期间的德国王牌飞行员，共击落敌机八十架之多，位列第一。

历，然后往机器里加入了几品脱[1]血。这是卡尔首次尝试连接这个怪物，但他对步骤很熟悉。施泰因费尔德检阅过他们很多次，他并不信任卡尔。

卡尔走到手术台旁，绷着脸观察台上的尸体，伸出戴着手套的手戳了戳他，这就是曼弗雷德·冯·里希特霍芬。手术对象竟然是他，算自己倒霉。里希特霍芬的身体正在冷却，但还没冷透。如果最高指挥部想复活里希特霍芬，他却失败了的话，每个细节都会受到追问。他甚至还不确定复活是否可行，他们就空投活人去寻找一具尸体。真是荒唐透顶。在宏伟的计划中，这名飞行员到底扮演着什么角色？

最高指挥部对里希特霍芬的种种吹捧，简直让人误以为是"红色战机飞行员"[2]凭一己之力赢得了战争。英国人甚至给他起了个绰号："红男爵"。只要宣传还在奏效，里希特霍芬的价值就以一顶百，但他们到底派了多少人去回收一具可能再也无法行走的躯体呢？

诚然，他有一副亲切的笑容和令人艳羡的击杀战绩，是德意志最拿得出手的一张王牌。只有让人们知道像"红色战机飞行员"这样的战士还在西面与协约国英勇作战，他们在家才更容易安枕。里希特霍芬同样也是一位自命不凡的贵族，一意孤

---

1. 美制1品脱约合0.4732升。
2. 取自曼弗雷德·冯·里希特霍芬的自传《红色战机飞行员》，出版于1917年。

行地将自己的飞机完全涂成了红色，以便敌军和友军在空中认出他。

如果飞机不是红色，他或许还能活得久一点。

但工作就是工作，多想无益。

考虑到他已经死亡的时间，卡尔对复活他不抱希望，但卡尔和手下将从这一次手术中获得经验。他预料自己可能会因为没能复活一具尸体而受到军队的责难，但说实话，他们还能对他做什么更过分的事儿吗？毕竟他现在所供职的医院，与协约国的轰炸机之间只有一口唾沫的距离。

在病房值班护理员全天不间断的照料下，在心箱连绵不绝的嗡鸣声中，里希特霍芬康复了。许多天过去了，虽然他还没恢复意识，但这台机器为一颗停止跳动的心脏持续泵送着血液。那颗要了里希特霍芬性命的子弹从他的右腋窝下方射入，刺破了一叶肺，再穿透了他的心脏，最后从左乳头上方钻了出去。或许在那之后，他只残留了片刻意识。在垂死之际，里希特霍芬竟然还能够迫降成功，卡尔情不自禁地感到佩服。

这个男人在克服困难方面相当有一套。卡尔知道，里希特霍芬并非首次被击落。此前他曾因头部中弹住过院，那回他也成功降落了自己的飞机。

之前，卡尔每天至少检查他的病人两次，里希特霍芬恢复意识之后，卡尔就检查得更频繁了。但病人的脑子就像烧糊涂了似的，六个小时后就不记得卡尔了。在等待病情好转或恶化的过程中，卡尔翻看了里希特霍芬的自传《红色战机飞行员》。书是穆勒自己带来看的，现在却推给了卡尔，还说如果他了解自己的病人，或许会更喜欢对方一些。

仅仅出于无聊，卡尔接受了他的建议。一个年仅二十多岁的男人自认为拥有值得讲述的人生故事，这种想法太愚蠢了。但卡尔猜测这都是为了宣传，人们喜欢了解自己的英雄。卡尔也曾如此，但事实证明，施泰因费尔德根本不是英雄。名人从来无法扮演别人为他们粉饰的那副形象。

入院后的第十天，里希特霍芬在卡尔进门时向他致敬，然后说："他们告诉我，我应该感谢您的救命之恩。"

卡尔拉了一把椅子坐到他的身旁，说："没什么好谢的。你之后的路并不好走。"

心箱在卡尔面前的床边嗡鸣着，里面是一整箱血泵，上面遍布导管，其中四根穿过里希特霍芬身上缠绕的背带，插进了后背。一旦机器停止运行，里希特霍芬的生命就会终止。

这个年轻人看来已经充分意识到了此事，听了卡尔的话后，他的视线在心箱上不断地游走。

"老实说，"他说，"我完全不知道这是干什么用的。"

"有一个医学研究员，赫尔曼·施泰因费尔德医生，他致力于研发让人在心脏功能停止之后还能继续存活的机械心脏。德意志皇帝同意为此提供资金，因为他认为，施泰因费尔德最终能够发明出一种让亡故士兵重返战场的机器,他相信这种机器的军事价值无可估量。但到目前为止,我们能期待的,无非是阻止一个人的死亡。我们需要身体健康的实验对象来测试机器,以排除因身体缺陷引发的任何并发症。但是,我们很难开口要求一个活得好好的人来当志愿者……"

"所以你们就从坠机者中挑选,反正他们也是死路一条。"

"除了可能被子弹杀死之外,各方面都无恙的坠机者。"

"所以我会变成什么样?"卡尔听出了他嗓音中的挑衅。

"我不知道。"卡尔说,"据我所知,你是我们的第一个成功案例。说实话,我根本没想到能救活你。我猜下一步是观察你还能活多久吧。"

如果自己对待病人的态度传了出去,他极有可能遭受一番训斥。但是,一旁的护理员十分了解卡尔的性情,什么都没有说。"红色战机飞行员"只足点了点头:"你说得对。但我还是要问,我有没有可能最终脱离这台机器生活?"

卡尔吸了口气,然后说:"我们希望基于对你和其他患者的观察,最终改进机器的设计,但我们无法修复你的心脏,也不敢指望它自己愈合,重新开始工作。这台机器维持着你的心跳,所以恐怕只要你还想活着,就得一直连着它。"

里希特霍芬的脸上闪过了一丝失望之情,但片刻就消失了。卡尔从他的自传里得知他是一个热爱生活的人:一名热情洋溢的骑手,小时候当过体操运动员,对狩猎也极为热衷。可如今全都做不到了，因为他每天都得连接这台需要充电和摇杆、依靠推车才能移动的机器。

同情微微刺痛了卡尔的心，但他马上想到，这个男人曾经像玩狩猎游戏般精准而兴奋地狩猎人类。

"今天几号？"里希特霍芬问。

"五月二号，你的二十六岁生日。"

里希特霍芬叹了一口气："我猜我再也无法恢复到能够飞行的程度了，对吗？"

"我认为是的。"卡尔说。

但是，卡尔第二次错了。

接下来的几周，第一战斗机联队——里希特霍芬的飞行战队——的战友们来探望了他。公众得到的消息很简单："'红色战机飞行员'被击落，正在康复中。"飞机坠落后，飞行员再次生龙活虎地出现并非罕事，所以人们不会留意官方声明之后隐藏的真相。

里希特霍芬的飞行战队则完全是另外一回事。他们都迫切地想探望自己的指挥官，正如他上次被击落时一样。但是，为了避免休假的飞行员私下和亲戚朋友瞎猜里希特霍芬的近况，军队高层最终允许了少数军官前来探望。

即便如此，他们的探访也受到了限制，卡尔不得不向里希特霍芬传达各种限制条例：

"我厌倦了撒谎，"里希特霍芬对卡尔说，"所以我决定做点什么。"

自从复活以来，里希特霍芬消瘦了不少，尽管他刚能离开病床，就开始每天练习体操——在如此短的束带下，这是他最好的锻炼方式了。不锻炼的时候，他会写作。写信回家，或给他的队员下达命令——对此卡尔并不知情。但是每隔一天，里希特霍芬就会让奥斯特曼或穆勒跑一趟运输派送点。作为一个无法自行离开病房的人，他可真是顽强而忙碌。

"我还活着，而且心存感激。"里希特霍芬说，"所以不要误解我。现在，你已经允许我下床了，可是我连两米的距离都走不出，绳子不能再往前了。我真想把它们都扯断，但后果显而易见。"

"反正你死了也不用接受军事调查。"卡尔说。

"这是句玩笑话吗?"

卡尔耸了耸肩:"或许算吧。我常常发现自己有点儿黑色幽默。我知道如果你死了，很多人都会为难我。最终我的日子也不会好过。"

"但你好像并没有把我的健康放在首位。"里希特霍芬抿着双唇微微一笑。这个男人并不愚蠢。无论之前那颗子弹对他的头盖骨造成了何等伤害，都没有破坏他的洞察力。

"因为要对一名士兵进行优先于其他人的特殊治疗，我有点沮丧，尤其是我们并不认为你还能继续飞。"

"他们肯定想给我安排个行政工作。"里希特霍芬的脸皱了起来，"你知道，我拒绝过一次。他们不想在战场上失去我。无论击落了多少架飞机，我作为偶像的价值都远远高于作为飞行员的价值。尽管我能成为史上最伟大的飞行员，但他们仍想把我放在办公桌后面，只为了适时把我推出去，炫耀战争英雄。"

卡尔什么都没有说。其实他认为里希特霍芬不会得到这样的工作。无论他去哪儿，这台机器，他的心箱，都会伴随左右。公众不会想看到里希特霍芬残疾的样子。不会再有乡村巡游，不会再有粉丝向他挥手。他或许还能发挥宣传作用，但绝不会再次站在人们面前。

德军还有一些飞行精英。威廉·莱因哈德[1]——里希特霍芬不在的时候，就由他带领着第一战斗机联队。他的表现毫不逊色，近期，他在一天内击落了三架敌机。里希特霍芬的弟弟罗塔尔，也是一名相当优秀的飞行员。而"红色战机飞行员"与众不同的唯一原因，就是他在生前击落的战斗机总数位列榜首。

"我想了一下自己再也做不到的其他事儿。"里希特霍芬倚在病床上说道。他在背后垫了一个枕头，让自己躺得更舒服

1.威廉·莱因哈德（1891—1918），第一次世界大战期间的德国王牌飞行员。

些。但他身后连接着导管，让他早已无缘真正的舒适。"我绞尽脑汁，想找出在这里锻炼的方法。我还记得军校体操课的内容。我还可以拉伸；如果小心点的话，甚至还能侧手翻。"卡尔感到有些不舒服，尽量不去想象里希特霍芬把导管缠作一团的画面。"但我最想念的，还是单杠。"

"我记得你在自传里提到过。"

里希特霍芬翻了个白眼，然后摇了摇头，"写那本书是因为命令，而且他们把内容改得面目全非。我完全不是书里写的那种人。真希望可以修订一下，说不定现在我有这个时间了。"

穆勒推开门，走了进来。他对里希特霍芬恭敬地点了点头，然后把一封电报递给了卡尔。卡尔打开电报皱起了眉头。

"坏消息？"里希特霍芬问。

卡尔摇了摇头："不，但看来你不用再担心坐着轮椅，被推到全国各地朝国民挥手了。"

里希特霍芬一脸愁容地看向床边那台努力运转的大箱子。卡尔有点同情他，只有一点。现在里希特霍芬对未来一定很消极，但同情他实在有违卡尔的良心。

卡尔叹了口气说："你知道吗？你是个恶魔。我现在终于知道你为什么写那些信了。你明知他们想要什么，还推波助澜……"

"做得到吗？"里希特霍芬问。他抬起头来，恢复了往日的风度，"你告诉过我，心箱是一个尝试复活士兵，并让他们重

137

回战场的试验。"

卡尔点了点头，把电报递给了他，"在施泰因费尔德医生的鼓励下，最高指挥部已经批准了。尽管他也认为心箱会导致行动不便，但可以尝试把它装进一架双翼机里。最高指挥部已经拨出一架全新的福克D-VII战斗机，正在为你量身改造。"

令卡尔不满的是，作为里希特霍芬的主治医生，他和两名护理员被指派一路陪同。这意味着，他们不得不准备好每隔几天打包转移一次，以保证第一战斗机联队的火力集中在战况最激烈的地方。

六月底，改造好的福克D-VII战斗机送了过来。为了把心箱嵌进飞行员的座椅后方，他们特意重新平衡了飞机的重心。待里希特霍芬入座后，维持生命的导管会被塞进飞行员和心箱之间的座椅背板的插槽里。这些操作让飞行员进出机舱时十分不便；事实上，如果没有三人小组的帮助，他根本就无法进出。不过，里希特霍芬终归又可以再次飞行了。

卡尔不太愿意看到明显负伤的病人在天空中独自飞行，但第一战斗机联队的队员们显然很欢迎里希特霍芬归队。几乎无人在意他身后的箱子，而里希特霍芬本人对待危险的态度也不屑一顾。无论他是否拥有心箱，被击中的风险都一样。

一天的空中混战下来，里希特霍芬会回到临时准备的营房。在这个特殊的日子里，他的营房是一座遭到遗弃的农舍，卡尔安排里希特霍芬住进了主卧。

奥斯特曼把心箱推到床边，疲惫不堪的里希特霍芬躺了下去，小心翼翼地避开从背部伸出来的导管。

"你知道吗？"他对卡尔说，"飞行时的感觉和在地面的感觉实在是太不一样了。"

"大家都是这样的。"

"不。我说的并不是一个普通人的感受。你知道心箱是怎么连接上双翼机的吗？"

"我看过示意图，也读过施泰因费尔德的笔记。"

为了保证他的病人生命无虞，卡尔亲自参与了里希特霍芬首次被"安装"到飞机上的行动。但除此之外，他认为自己的参与毫无意义。卡尔不可能在里希特霍芬每次飞行时都亲临现场；而且，最好能让他的地勤人员熟悉操作步骤，因为一旦发生紧急情况，他们可以第一时间进行营救。

"飞行的时候，福克为心箱提供动力，"里希特霍芬说，"比箱子自己运行时有力多了。我能感觉到血液在体内急速流淌，我能再次兴奋起来。这个箱子……它只按照自己喜好的节奏跳动，对于一名翱翔蓝天的战士而言远远不够。但驾驶福克时，我能再次感受到狂风在肺里呼啸。"

"我很高兴它合你的意。"

"我们能不能找到让福克的引擎永远为心箱提供动力的方法？"

"除非你再也不想从飞机里出来了。"

里希特霍芬紧皱着眉头，声音里充满了渴望："我已经有一个几乎离不开的东西了。我不知道……你当时是怎么处理的？"

"处理什么？"

"穆勒告诉我，你以前也是一名体操运动员，而且是一把好手。"

"曾经如此。但我的脚踝断了，而且没能痊愈。"卡尔用拐杖轻轻地怼了怼地面，"我可以好好走路，也可以全程站着完成绝大多数手术，但是不能做高难度动作了。我没有你那么幸运，两次弄断同一根骨头还可以继续作战。"

里希特霍芬轻声地笑了起来，"我弄断了我的锁骨，而你弄断了你的踝骨。虽然踝骨断了还有活动的余地，但我仍然同情你。"

卡尔觉得没必要，他早已不在乎什么体操了。两个孩子和焦虑的妻子留在遥远的波恩[1]，他只希望自己从这份工作中存活下来，直到再次回家。他并没有失去唯一的谋生手段。相比其他许多士兵失去的东西，他的脚踝根本无足轻重。

"我们的补给线吃紧了。"里希特霍芬说，"我不想在手下面前谈论这事，但是你向来多疑，一定注意到了。我们在刚刚

1.位于德国北莱茵－威斯特法伦南部莱茵河畔，德国重要的政治中心。

过去的春天才占领的土地，就快要保不住了。"

"这是必然的结果。"卡尔说，"这场战争打得一塌糊涂。它对我们的国家、我们的人民，还有像你这样的战士都做了什么？"

"我都击落了九十架飞机啦。显而易见，德意志的战况不可能变得更好。我要击落一百架飞机吗？那样或许协约国就会抱头鼠窜、落荒而逃了。"

"我估计不会。"

"那我们就输掉这场战争了。你能告诉我答案吗，我的好医生？我知道你从来不会拐弯抹角。此刻，我之所以能够继续忍受自己的人生，是因为身边有一群很好的同伴，还能在福克里再次展开双翅，像雄鹰一般。但是，当战争结束，我该怎么办？我还能飞吗？"

卡尔不知道。

一九一八年九月底，卡尔预感到战争即将结束。协约国大举进攻，逼迫德意志士兵退回齐格菲防线[1]以内。人人都在悄声议论着停战协议，似乎因为太过害怕而不敢相信。德意志已经撑不住了，但帝国的空军战士们仍在坚持战斗。只要协约国

1.第一次世界大战末期，德意志帝国在法国东北部边境修建的大型防御工事系统，通常称为兴登堡防线。

的轰炸机还有可能威胁到地面上的人民，第一战斗机联队就会继续飞行。

卡尔进入里希特霍芬的房间，发现他正在练习俯卧撑。对于这名身材瘦削的飞行员而言，维持肌肉量不太容易。他们制作了一辆简陋的脚踏车，供他外出时使用。它的体积很小，从一个战地搬往另一个时，可以连同行军帐篷一起被卡车运走。不过，只有天气晴朗，穆勒或奥斯特曼有空陪他的时候，他才能外出。有一次，脚踏车的轮子陷进了兔子洞里，害得心箱差点脱离了支架，里希特霍芬惊得脸色煞白，但他仍然继续请求外出，卡尔只好无奈地同意了。

如果里希特霍芬的身体不再强壮，他将无法继续飞行；若他不能继续飞行，那么除了成为施泰因费尔德的试验品之外，还有什么用呢？

"这是机修工给的检查单。"卡尔说着，递给他一叠纸。

自从里希特霍芬无法再亲自检查飞机，他就不得不依靠地勤团队，让他们填写他自创的检查单，以免遗漏任何细节，直到自己满意为止。这样做可能是为了图个心安，但卡尔觉得安抚效果不大。里希特霍芬拿着检查单，看了一眼上面所有的标记，便把它放在了床边的托架上。

"飞机的状况看上去不错嘛。"卡尔说。

"看上去是不错，但飞起来不行。"里希特霍芬说，"舱内的心箱改变了飞机的平衡。这架福克为我做的调整已经非常棒了，但我还是能察觉到差别。"

"至少你没有第三次被击落。"

"我从不是那种能与机械融为一体的飞行员，只不过知道如何运用手头的工具罢了。我可以弥补某些不足。"

里希特霍芬坐下来叹了口气。

"虽然这样说很奇怪，但我并不期待战争结束。"

"战争结束是件好事。"

"对大多数人而言是，而我也不会自私到希望战争持续，毕竟太多美好的事情会随着战争的结束而到来，但我还是会感到悲伤。"里希特霍芬看着身边的心箱，"这个设备运行得太完美了。有时候我禁不住感到惊叹，它竟然不会像我们的机枪一样卡壳。这不正常。真该让你们医生来代替我们的工程师制造武器。"

"心箱并非没有缺陷，"卡尔说，"我们也把它在其他病人身上用过。你很幸运，但其他人就没这么幸运了，而且我们能在你的心箱真正出问题之前就设法解决掉。尽管它从未停机，我们还是更换了零件，让两个血泵轮流工作。所以它其实也会损坏。"

"我试着想象自己拖着身后这该死的怪物，回家见到母亲时的画面。然而，根本无从想象，我不知道她会高兴还是会伤心。战争结束之后，你有没有可以重聚的家人？"

"有。他们都在波恩。我的孩子还小，最大的十岁，最小的六岁。我的妻子很贤惠，在我离家期间，她照顾着孩子们。"

"从未谋面的女孩们会给我写信求婚，"里希特霍芬苦笑着说，"虽然我依旧年轻，依旧是战争英雄，你觉得我回家后她们还会给我写信吗？"

卡尔拒绝回答这种问题："自怨自艾可不是你的作风。无论是否残疾，你都是整场战争中战绩最好的王牌飞行员。"

"这是能从你嘴里说出来的最高赞美了。"

"这不是赞美，这是事实。有了心箱的帮助，你为祖国做了大多数士兵都难以企及的贡献，你不仅仅是一个为实现宣传目的而存在的名字。你依然是'红色战机飞行员'。"

里希特霍芬的眼睛望着窗外，他说："我想是的，但我不能仅凭一己之力赢得战争。战争中一天就会有数千人死亡，就算击落一百架飞机又算得了什么？我最多驾驶着红色福克，为自己的狩猎联队打头阵，让地上的士兵们缓一缓。这样，他们战斗的时候可以不用担心炸弹会落在自己头上。"

窗外，卡尔看见一条大丹犬在机场中蹦来蹦去。它叫莫里茨，里希特霍芬的狗，这个调皮鬼有次因为没能正确理解指令，差点把导管从心箱上扯下来。自那以后，里希特霍芬就只能小心翼翼地接近它了。莫里茨是条讨人喜欢的狗，通常很守规矩，唯一的缺点就是嘴里老想嚼点什么。狗都这样。

"我仍旧无法完全相信罗威哈特[1]已经死了。"里希特霍芬说。这个月初，他们失去了第十战斗机中队的队长。虽说如今跳伞已是常事，但他跳的时候伞却没能打开。"每个人都离开了。去年，沃尔夫、沃斯、谢菲尔也离开了。如今，伍德特精神崩溃，我们不得不把他送走，罗塔尔再次因伤住院。温泽也好不到哪里去。莱因哈德死了，没被敌人杀死，却死于一个很小的意外。这个月我们失去了第一战斗机联队的每一位空防中队指挥官，然而我却还活着，虽然去年的四月份我就应该死了。"

卡尔见过其中几位，都是很优秀的人。他们几乎全都是排位最高的王牌飞行员，而大多数人要么死了，要么在二十二岁的年纪就已经残疾。只有里希特霍芬的尸体符合复活的要求。心箱确实是不错的发明，不过，卡尔并不认为它像施泰因费尔德所承诺的那般有用，能够让士兵们重返战场。

"我是不会放弃的，"里希特霍芬说，"你无须担心。我想就算德意志最后只剩这一架战机，我也会继续战斗……"

一阵沉默，然后穆勒出现在了门口：

"卡尔医生，我们侦查到了敌方战斗机联队，队员们正在紧急起飞。如果你确认'红色战机飞行员'身体健康，他的地

1.埃里希·罗威哈特（1897—1918），第一次世界大战期间的德国王牌飞行员，以击落五十四架敌机的战绩排名第三。

勤人员将立刻就位。"

"他很健康。"卡尔说。

穆勒点了点头，然后一路小跑去传达这个消息。

"是时候起飞了。"里希特霍芬站在那里，脸上洋溢着机智、自信的笑容，与片刻之前卡尔看到的表情完全不同。这就是英雄，这就是人们所信仰的"红色战机飞行员"。"看来奥斯特曼不在这儿，你能行行好帮我推一下机器吗？"

卡尔双手推车，里希特霍芬抱着收拢的导管，这样就不必担心会把它们颠掉。他们走出门，沿着不长的门厅一路走到了大门口。

他们到的时候，地勤人员已经准备好了，其中一人牵着莫里茨，里希特霍芬让人帮自己抱着导管，然后冒险亲昵地挠了挠它的头。

卡尔看着地勤人员把心箱抬上了飞机，导管的长度勉强够里希特霍芬站在地面上，然后地勤人员又把他抬了上去。作为一名前体操运动员，他原本可以像撑竿跳一样轻松地跃入战机之中，眼下的情形一定让他非常痛苦。卡尔想起了自己腿伤的疼痛，于是移开了视线。

"卡尔！"里希特霍芬喊道。

卡尔抬头望去。

地勤人员正在安装他和心箱之间的座椅背板。为了给他们腾出空间，里希特霍芬的身体探向前方的操纵杆，不过他的目光越过驾驶员座舱的边缘，看向了卡尔。

"你还在这儿！"里希特霍芬微笑着说，"你通常不会留下。"

"等他们安装好后，我得把车推回去。"卡尔一边说，一边朝着刚刚放置心箱的推车摆了摆手。地勤人员把心箱的工具包放回了推车上。"因为你让我过来代替奥斯特曼和穆勒。"

里希特霍芬露齿而笑，好像他更明白个中缘由。他看上去还想说些什么，但椅背已经安装好了，他的地勤人员跳下了战机，飞行准备就绪。地面上的每个人都向后退去。说话的时机已过。

"红色战机飞行员"在座椅上坐定，这是他唯一能够背靠其他物体，却不会感受到夹在其间的导管带来的压力的时候。螺旋桨快速旋转起来，飞机向前滑行时扬起阵阵灰尘。莫里茨哀号起来。

只见战斗机直上云霄，如鲜红的雄鹰般飞向天空，加入了五彩缤纷的第一战斗机联队——敌军把这个狩猎联队称为"飞行的马戏团"。但对卡尔而言，这绝不是马戏团。他们每次不得不参与的表演并无任何娱乐性可言。

那天深夜，穆勒走进卡尔的房间说："里希特霍芬没有返航。他是本次突袭中唯一下落不明的人。大家认为他牺牲了。有人目击了一架红色双翼机降落在一片无人区里。"

"又一次幸运着陆，"卡尔咕哝道，"然后军方可以再派一队人去把他带回来。如果他们的行动像上次一样迅速，就能把他及时抬回我们的地堡，连接一台新的心箱。如果他还活着，心箱也没坏的话，它还能继续泵血几个小时。"

就算他再次死亡，也可能幸运地被再次复活。

但是，尽管他们一直在等，救援队却没有来。

或许战争马上就要结束了，卡尔想，所以最高指挥部决定他们不再需要"红色战机飞行员"了。如果已经失去了战斗的理由，何必再浪费健康的生命去寻找一具尸体呢？

他本该为最高指挥部的明智而感到欣慰。然而，他却发现自己站在屋外无人可见的暗处抽了一支烟，九月的空气很寒冷。

几天后，第一战斗机联队转移了，但没有带上他们。又过了几天，里希特霍芬的战斗机残骸被推到了空荡荡的机场上。卡尔仅在战机左侧就数到了不少于四十个弹孔。心箱依然安装在飞行员座椅后面，但里希特霍芬却不在了。卡尔被告知他的关注点是心箱，而非人。考虑到过去了这么多天，尸体已经没有研究的价值了。

他并不相信他们的话。

虽然以卡尔对飞机的了解程度，他还不足以分辨是这一枪还是那一炮击落了"雄鹰"，但他了解心箱。穆勒和奥斯特曼帮忙把它卸了下来，他发现心箱几乎完好无损。当然，外部有些磨损，保护壳也撞坏了，只有十分激烈的战况才会造成这种情况，但心箱内部的机械结构并没有损伤。心箱是自己停止运行的，一旦飞机停止供给燃料，电池电量在几小时内就会耗尽，但补充燃料或充电后，心箱就应该立刻恢复机能。

但是，卡尔抱起连接心箱和里希特霍芬身体的那些导管，皱起了眉。导管末端残留着血迹，当然，血液在他的身体和心箱之间循环流淌，但是……

"穆勒，你说过军方会等到第一战斗机联队转移后才回收他的战斗机，对吗？"

"是的，医生。"

里希特霍芬的血早该在军方回收尸体前就已经凝固了，为什么这些导管的外部会沾上血迹？除非里希特霍芬还活着的时候就和它们分离了。

他起身爬上战斗机旁边的梯子，探身凝视着驾驶舱内部。看上去没有任何子弹射进机舱内。没有穿孔，也没有血迹。

里希特霍芬着陆时很可能还活着，也许身体有瘀青，但并没有出血。

卡尔俯视着座椅靠背，他们把它从心箱上拆下来，放在了地上。正好在里希特霍芬背靠的地方有块小小的血液四溅的痕迹，但是靠背没有任何破损。

他沉思着从梯子上跳回地面。里希特霍芬有没有可能不幸被子弹射断了固定导管的背带？这就能解释他的迫降以及外部的血迹了，但发生那种事情的概率微乎其微。

而且军部还带走了他的尸体。

会不会是里希特霍芬自己拔掉了导管，所以他们要带走他？因为，德意志战绩最优秀的王牌飞行员自杀了……

卡尔完全可以想象那种被困在敌军和盟军前线之间的挫败感，自己动不了，救援也可能永远不会来。但他皱着眉，感到并不满意。

"你发现什么了吗，先生？"穆勒问道。

"有人提到过里希特霍芬的尸体是在机舱外找到的吗？"

"你的意思是他有可能跌出机舱外吗？"有时在飞机剧烈的死亡盘旋中，飞行员有可能被弹出去。"我认为不太可能。起飞之前，地勤人员总会把他绑得严严实实的，而且他的座椅安全带看上去也还算完好。"

确实如此。

卡尔想回忆一下里希特霍芬起飞前有没有系好安全带，但他知道自己并没有留意。

"是的，你说得对。"他小声说道，"里希特霍芬着陆时，应该在自己的战斗机里。"

他们拒绝把尸体交给他。

但里希特霍芬不会自杀。不会的。卡尔无法相信他会自杀。如果是他自己拔掉了导管，确实存在一个动机：可以想见，如果他死了，也许还会被找到然后再次被复活。

卡尔很想相信一切就是那样。

但他在报告里却只写下：心箱完好无损，不是导致飞行员死亡的原因。

又过了两个月，战争结束了。卡尔即将启程回家，他终于可以不用再忧虑心箱的事儿，不用再等待一个合适的年轻实验对象降落在死神门前。家人等待着他，最大的孩子马上过生日了，尽管他知道国家的食物供给量很少，自己还负担不起她期待的那种大餐。

卡尔仔细地打包了工具和一些个人物品，准备返程。其中，有一张简单的黑白纪念卡，用以缅怀"红色战机飞行员"。

他凝视着卡片，直到完全看不清照片中男人的模样，才把卡片放进了包里。卡尔不禁回忆起自己还是个小男孩时，在体操馆的单杠上练习的时光：松手、转体、抓杆、松手、空翻、抓杆，每次抓杆失败都会有遭受剧痛的风险，但什么都无法阻止他松手。当他冲上云霄时，心中只会有一个念头：这一定就是飞的感觉。

AURIGA'S STREETCAR

by

Jean Rabe

▽

御夫座街车

[美] 简·拉贝 著 / 海　客 译

简 · 拉贝写过三十余部长篇小说，以及多到连她自己都数不清的短篇小说。业余时间，她在包括《银河边缘》美国版在内的多本杂志担任编辑工作。这是她第一次在《银河边缘》中文版上和大家见面。

它看上去只是一个悬挂在闪亮夜空中的雾灰色盒子，毫不起眼。

在它身上完全看不到它同类所拥有的那种现代科技优雅、简洁的美感：没有漂亮的蝶形翼板或精心雕琢出的太阳能收集器，棱角分明的厚重外壳上找不到任何柔和的曲线。里面没有灯光，当然了，星子本来就没有指望上面有光亮，毕竟这座空间站早在八个多月前就已经宣告废弃了。这里也没有旋转的重力带和天线阵列。

它一点也不美。

这座老旧的空间站没有任何地方值得人们去驻足流连。尽管如此，星子还是不禁小声说道：

"棒极了！"

她用拇指操控着自己那架小巧的打捞船，绕着空间站转了一圈，经过主对接区后，在空间站朝向地球的那一面停了下来。在这里，她依稀辨认出了"耶基斯二号"几个字，那几个黑体字早已被太空垃圾砸得坑坑洼洼。尽管"耶基斯二号"是这座空间站的官方名称，但第一批在这里工作的天文学家却给它起了另外一个名字：御夫座街车。这名字似乎有些莫名其妙，但却一直流传了下来。

星子猜测，可能是因为这座空间站的外形看上去有点像一辆街车——她几十年前在加利福尼亚的一座博物馆中看见过一辆。但眼前的空间站却缺少星子记忆中街车上那些鲜艳的色彩。实际上，这里几乎看不到任何色彩，只有一片深浅难辨的灰色。

在星子看来，这座空间站更像是一块砖，而这也正是这辆御夫座街车的现状。它正接近坠毁的边缘，几天之内就将坠入地球大气层，像一块寻常的砖块那般坠落，在大气层中解体，燃烧殆尽。那将是这辆街车最后的光彩。

星子想要说服自己，她来得正是时候——空间站正沿着轨道飞过日本上空，她这一趟飞行基本不需要耗费多少时间和燃料电池。这也使得她有充足的时间来彻底探索这座空间站的每一个角落和缝隙，带回上面所有珍贵的古董。实际上，她更希望在一个月之前就开始这次飞行。但当时她病了，而且她的打捞船也需要维修。别的太空拾荒者可能在这段时间里已经捷足先登了。她深吸一口气，祈祷没有人抢在她前面来过。她现在这个年纪可承受不起一次空手而归的飞行了。

芝加哥大学在去年宣布将废弃这座空间站，他们认为上面的设备都已经老旧过时了。再像之前三次大修时那样派一艘飞船送维修人员上去，把所有的望远镜更换成更强大的新型反射望远镜，再把整个空间站推到更高、更稳定的轨道上所需要的花费实在是太过昂贵。学校董事会认为，现在建造一座新的空间站来研究星星要经济得多。他们甚至觉得，御夫座街车上所有的东西，连同那几个最大的透镜在内，都不值得派一批打捞人员上去把它们带回来。

他们说，就让它这样掉进大西洋吧。这座空间站已经太老了，不值得我们再为它做任何事情了。

太老了。

星子也一样，太老了。

她拂过头上的缕缕银丝，将打捞船慢慢驶进"耶基斯二号"字样下方的小对接区，把打捞船和空间站对接锁定到一起。

实际上，她今天比平时更加明显地感觉到自己老了，浑身都在隐隐作痛，有点不舒服。对她来说，身体健康已经是很久之前的事情了。尽管打捞船内部的温度比正常温度高得多，她仍然觉得寒冷。是血液循环的问题，她沉思着。岁月对于空间站和人类来说都太残酷了。即使处在零重力环境中，她仍然觉得四肢僵硬。九十九岁的星子是日本最年长的独立宇航员之一，同时，她还是唯一一个工作频率如此之高并且只打捞官方废弃的空间站和卫星的太空拾荒者。只打捞官方废弃的——她不是海盗，不会去碰任何属于别人的东西。

星子靠这份打捞的工作活得很好，当然，她也不需要再继续工作了，特别是在她意识到自己真的老了之后。她的孙子经常劝她"做她这个年纪的人应该做的事情"：退休，搬到内陆的杜町和他一起生活。但是星子告诉他，自己就是在做她这个年纪的人应该做的事情。她是多么喜欢飞行和忙碌的生活，多么喜欢在那些人们不假思索地丢在一边的东西里寻找宝藏！而且，她喜欢这份宁静——可以远离那个拥挤嘈杂、满是光污染的地球。最重要的是，在这里，她能看到她最喜爱的星星。

星子，从出生那天起，她的名字就和星星联系在一起了。

她钻进宇航服，戴紧头盔，打开了头盔上的照明灯。深吸了几口气之后，她飘出打捞船，穿过对接舱口，进入了空无一人的街车。照明灯在狭窄的走廊里投下一道暗淡的幽光，四周的墙壁和空间站的外壁一样都是灰蒙蒙的。万籁俱寂，只有她的呼吸声和头盔轻轻磕在天花板上时发出的咔嗒声。她轻轻地哼起了一首年轻时学会的歌，戴着手套的手指像飘在空中的气球一样晃动着，指引她穿过一间空空的更衣室，进入一间储藏室。

她往里面看了看，一双双重力靴整齐地放在架子上——星子提醒自己，之后要来仔细找找有没有适合自己的小号靴子。旁边还有覆盖着薄膜的一盒盒透镜清洁剂和电路板。看到这些，星子的嘴角露出了一丝微笑。很明显，这表明自从最后一批天文学家离开之后，就没有人来过这座空间站了。看来所有的太空拾荒者都相信了校方的说法，认为这里没有任何有价值的东西了。现在，这些全都归她了。旁边的两个舱室也和这间储藏室一样，堆满了各种零碎杂物，绝大多数都固定在架子上，只有极少数飘在空中。没有什么特别值钱或者有趣的东西，所以星子继续向前探索，只有在空间站发出金属的嘎吱声或者微微颤抖时才稍做停顿。也许这辆街车随时都会坠落。

158

她经过一个曾经是会议室或者食堂的房间，房间里挂着几幅画，这是她第一次在这座空间站中看到灰色之外的色彩。虽然这只是没有任何艺术价值的地球上的风景画：金色夕阳下的金门大桥，遍布帆船的悉尼港，夜幕下的伦敦，睁大眼睛盯着林肯雕像的孩子，一段完整的中国长城。这些画全都不值得她去打捞。

接下来是休息区，比星子之前打捞的那些空间站上的休息区要宽敞得多。这里不是上下铺或者吊床，而是货真价实的铺着厚厚床垫的床铺，还有看上去很舒适的桌椅，全都结结实实地固定在灰色的地板上。她摸索着按了按墙上的控制面板，一小块天花板随即亮了起来，房间里顿时充满了亮光。她感到自己在逐渐变重，看来人工重力已经起作用了，感觉似乎是地球标准重力。芝加哥大学的天文学家们在这儿过得简直是贵族般的生活，有这么舒适的房间让他们在零重力环境下工作，同时又能好好休息。看来他们离开时带走了所有的私人物品，只留下了收拾整齐的床单、毯子和被子，蓬松的枕头也用带子绑得好好的。星子没有花时间检查橱柜，她感兴趣的东西不在这里。

她花了差不多一个小时才到达占据了街车整个上半部的主观测室。一路上有太多的东西在勾引着她的好奇心，每一样她都想看个仔细。她知道，这间主观测室值得花更多时间来探查搜寻。

这里有成排的控制仪表,星子从她能认得出的那些开始摆弄:打开房间里的灯光,这样就可以关掉头盔上的照明灯了。她细心地设置适宜的温度,再将重力调整到远低于地球标准。这样近乎失重的环境对星子来说是最舒适的。一阵轻微的声响告诉她,她找到了供氧系统。但是她猜测,还需要一段时间氧气才能充满整个房间,足以让她摘下头盔自由地呼吸。整座空间站又开始嘎吱嘎吱地颤抖起来。

星子没有在意这个危险的信号。她向一面外墙飘去,眼睛像之前画上盯着林肯雕像的男孩那样,睁得大大的。外墙上每隔三米就安装着一台望远镜,简单地动动操纵杆就能让它们伸出街车的外壳,然后她就能亲眼看见那些星星了。她差点儿就要这么做了,但在半路,她突然发现了放在房间另一头的大望远镜——御夫座街车上真正的宝藏,她这趟打捞的真正目的。她急忙向大望远镜冲了过去,感到自己的心脏在小小的胸腔里怦怦地跳个不停,浑身的寒冷和疼痛都被抛在了脑后,她像年轻时一样,感到一阵激动的眩晕。

"那帮搞科研的怎么舍得就这样扔下它?"她喘着气自言自语道,暗自庆幸自己能有这个机会见到它,同时又对他们不屑一顾的态度感到惋惜,"太老了。"

准确地说,已经有超过两百年的历史了,星子很清楚。很久之前,当她还年轻的时候,就研究过这座空间站和它上面的透镜,今年生病期间她又重温了一遍。这台望远镜上的那对直径四十英寸的透镜制造于1891年。这座空间站曾经翻修过三次，每次这对透镜都会被安装到新的望远镜上。尽管在那之后的两个多世纪里，更小更强大的透镜不断地被研制出来，理所应当地安装在这间观测室里其他的望远镜上，但毫无疑问，天文学家们出于怀旧之情，一直在坚持使用这对古董透镜。

正是因为这对古董透镜，这座空间站才被命名为"耶基斯二号"。

1892年10月，查尔斯·泰勒·耶基斯，这位掌管着芝加哥北部电车公司的商业大亨收到了一份请愿，恳请他为建造当时世界上最大的天文望远镜捐助资金。这种做法由来已久。很久之前，伽利略就曾向托斯卡纳大公科西莫二世·德·美第奇寻求资助。而在彼时，耶基斯俨然就是芝加哥的大公。

当时，耶基斯鉴于自己的交通业帝国和其他产业的管理方式屡遭媒体抨击，急需做一些事情来提升自己的公共形象。因此，他毫不犹豫地同意这项资助，并且还出资建造了一座天文台用以安置这台巨大的天文望远镜。星子记得，耶基斯天文台于1897年10月竣工。它坐落在威斯康星州景色古雅的威廉姆斯湾，由芝加哥大学负责管理使用。这座天文台里当然还有其他的望远镜，但是没有一个像这台四十英寸的折射望远镜这般巨大。实际上，直到2025年，比它更大的天文望远镜才被制造出来。

星子很想去看一眼当时安装这对透镜的老望远镜，它现在正在某个博物馆的角落里吃灰呢。那座天文台在她出生之前就已经关闭了。据记载，天文台附近的赛狗场和其停车场的灯光造成了严重的光污染，导致天文台完全无法进行正常观测。

这种情况在地球各处不断上演，而且愈演愈烈。城市、街道、旅游景点——到处都是灯光。所有的地方都在发光，夜晚也亮如白昼，根本看不到星星的那一点点微光。星子小时候，父母曾带她去过立山的山顶。那里曾经是绝佳的观星地点。但是最终，城市的灯光也蔓延到了那里，观星者们被赶到了偏远的沙漠深处。之后，他们又被赶到……他们已经无处可去了。地球上再也找不到一个可以让人们驻足仰望星空的地方了。

因此，天文学家们建造了以哈勃望远镜为首的一系列空间望远镜，作为无法继续在地球观测星空的弥补。通过它们，人们得以继续观测星空。哈勃望远镜的设计使用年限只有二十年，而且是无人值守的，因此需要花费大量的人员和时间来设计卫星及其望远镜的每一次姿势调整——尽管技术在不断进步，但是后续发射的卫星仍然无法解决这个难题，直到2031年，"耶基斯二号"投入运行。

这也是这座空间站看起来如此的简陋朴素、毫不起眼的原因。它是第一批专门为了观测星空而建造的空间站，也是那一批空间站中唯一一个现在还在轨道上服役的。和后续几十年间建造的其他空间站相比，它显得相当的原始，和星子曾经打捞过的那些空间站相比就更是如此了。原始，但是功能齐全，只要配上一组天文学家，就可以绘制出星图。而拜光污染所赐，地球上的人们只能在图片上看到这些星星。

当星子调整大望远镜的时候，街车又开始晃动了起来。她想要拆下这些透镜，关闭空间站的重力，小心翼翼地带着这个宝藏回到她的打捞船上去。这两个大透镜，还有其他望远镜上的那些透镜，也许还有别的小东西，都是可以在御夫座街车坠向地球之前轻松带走的东西。她无法带走太多，她的打捞船太小了。但是，她可以带走那些极具历史意义的东西，那些她想要珍藏并且可以向好朋友炫耀的东西，那些在收藏圈子里价值不菲的东西。

"美极了！棒极了！"她透过望远镜向外观看，口中不住地赞叹着。她眼中的星星就像是黑色丝绸上的钻石般绚丽夺目，令人沉醉。她觉得世界上再也没有什么比无垠的星空更加神奇的了。她眨了眨眼，忍住快要流下的热泪，然后继续看星星。能看到这些遥远的星星让她感到如此快乐，但一想到这是在地球上永远无法体验的，又让她感觉特别的难过。

她摘下头盔，氧气浓度已经足够了，但是空气中带着令人不适的凉意，还有一股挥之不去的金属味儿，让她的嘴巴里很不舒服。没有头盔的阻隔，她可以看得更加清楚，但是呼吸凝成的雾气又会阻碍她的视线。

星子感觉自己已经盯着望远镜看了好几个小时了。她的双腿开始抽筋，全身的酸痛感又回来了。脸旁寒冷的空气冻得她的牙齿不住地打战。她不是可以把房间温度调高一点吗？再等等吧。值得看的东西太多了，没有时间可以浪费。

那些本来可以在地球北半球中纬度地区观测到的、所谓的秋季星座——仙后座和英仙座——让她着了迷。英仙座中的几颗星星连成一条曲线，顺着它们，就可以找到御夫座。

"御夫座。"星子边说，边把望远镜对准了这个巨大的星座。御夫座是秋季星座中最后出现的。它的出现预示着冬季的到来。五车二，这颗御夫座中最亮的星星发出的光芒照耀着星子。五车二有时也被称作"牝山羊"，和旁边被称为"小羊"的柱二与柱三一起构成了一个三角形。星子注意到御夫座内部还有几个疏散星团，每个星团都由上百颗恒星组成。望远镜上的读数显示，它们至少都在三千光年以外。她调整了一下望远镜，现在那些星团都变得清晰了起来。她沉醉在这片星光里。

御夫座街车，这个名字一部分来自这台大望远镜对准的御夫座，另外一部分来自这座空间站的外形，此外还暗合了查尔斯·耶基斯得以闻名的产业。"还真是一个合适的名字啊。"星子想到。御夫座的出现预示着冬季的来临。星子现在也正走到了她人生的冬季。

如果关节的持续疼痛没有如此的强烈，如果观测室内冰冷的温度没有让她不得不重新戴上头盔，如果空间站没有再次嘎吱作响地颤抖起来，她还会继续看下去的。她长长地叹了一口气，依依不舍地离开了大型望远镜，开始动手拆卸旁边两个较小望远镜上的透镜。如果她更年轻、更强壮一些，这一趟她就能带回更多的战利品了。

当她转身准备离开时，观测室对面的一台小望远镜引起了她的注意。它看上去比观测室里其他的东西都要新一些。不是古董，不值得她为此花费时间。

星子耐心地沿着狭窄的灰色走廊回到她的打捞船上，小心地放好手里的宝藏，取出带有厚厚的丝绸衬垫的保护盒，这是她专门为最大的透镜准备的。她试着不去想空间站里令人不安的响动。这次晃动得更厉害了，整个轨道都在偏移，让她不由得埋怨起自己这副又老又不中用的身体。她现在知道了，这座空间站所剩的时间已经不多了，可能只有几个小时。她必须加快速度，赶紧取回耶基斯的古董透镜和其他有价值的东西。

回到观测室之后，她又通过大望远镜看了一眼星空。御夫座移动了，或者更准确地说，街车在明显地移动。星子开始以最快的速度拆卸起了透镜。这项工作本来至少需要两个人才能完成。一个人来做的话，就需要大量的时间和异常的小心。时间，她现在最缺的就是时间。

不管怎么说，她最后还是顺利地拆下了那对透镜。现在观测室里已经重新设置成了零重力环境，透镜也已经完好地放在了保护盒里。她小心翼翼地带着它们穿过幽暗的走廊。她应该一次只带一个透镜的。她有那个耐心，而且那样也更容易搬运，对透镜来说也更安全。但她没有那么多时间了。她的双手像钳子一样紧紧地抓着盒子的边缘。她抓得太紧了，每根手指都火辣辣的，让她差点要疼得叫出声来。

"再给我几分钟，"她对自己说道，"几分钟就好。"然后她就可以坐上自己的打捞船，回到位于日本高砂海边的家里，再联系几个可能的买家，同时仔细回味她在望远镜里看到的美景——御夫座那无与伦比的"牝山羊"和"小羊"。这是一个多好的故事啊！她可以讲给她的孙子听。

"不！"眼前的意外让她一下子松开了手，保护盒连同里面的透镜一起向上缓缓飘去，她手忙脚乱地把它们抓了回来，"不！"透过空空如也的对接区入口，星子可以看见远处的星星，但她的打捞船却不翼而飞了。

难道她走错了对接区？难道她已经老糊涂了，以至于在走廊里迷了路，跑到了街车的另外一边？难道她……

星子呆立在原地，眼睛死死地盯着一颗二等星下面的小点。那是她的打捞船，正在越飘越远。"怎么会这样？"她盯着对接区的舱门。她没有做任何释放打捞船的操作，也没有松开连接空间站和打捞船的锁扣，"这怎么可能呢？"

她转过身，强压下心中的恐惧，以最快的速度带着透镜穿过一条条走廊。头盔上的灯光扫过走廊里的一个个入口和凸起，投下各种奇形怪状的影子。当终于赶到空间站另一侧的对接区时，她的身体已经因为剧烈运动而灼痛不已。然后，她在那里看到了一艘流线型的飞船。看来有别的人也来打这座时日无多的空间站的主意了。就是他们放掉了她的打捞船。从这个位置看不到什么有用的标志,星子无法确定这艘飞船的归属地。它来自哪里?她蹑手蹑脚地穿过对接区,操作了几下,悄悄地溜进了那艘飞船。飞船里空无一人,但也几乎没有什么空闲的地方了。她看了一眼货仓,里边塞满了她刚才搬到自己打捞船上的透镜。还有电路板和其他的零碎杂物,全都胡乱地堆放在一起。一看就知道是有人从星子的打捞船上匆忙搬来的。

"该死的海盗!"她一边咒骂着,一边小心地把手中的古董透镜放在那堆东西的旁边,然后退出了飞船。当然,她也可以选择做一次海盗,驾驶着这艘飞船飞回地球。空间站突然猛地晃动了一下,走廊深处的什么东西发出了剧烈的响动。有那么一瞬间,她真想开动这艘飞船马上离开——不仅仅是为了让自己活下去,更是为了保存住这些历史悠久的珍贵透镜。而且说起来,她完全有正当的理由这么做。

但是她不想让任何人困死在这里。而且她也很好奇那些海盗是什么人,想知道他们准备从这里带走些什么东西。

"还有多长时间?"她问自己。她在迷宫般的走廊里穿行,查看自己经过的每一个房间和维修管道。最终,她向观测室走去。可以肯定,那些海盗正在那里拆卸剩下的透镜。"这座空间站还能坚持多久?"

星子穿过最后一段走廊,进入了观测室。她走得太急了,差点撞到了那个男人。男人手里拿着的东西飞了出去,在他们

167

中间不停地盘旋着。那是一片分光镜，是装在望远镜上，用来显示望远镜观测到的天体的光谱仪。

"海盗！"星子叫道。

男人笑了起来，笑声在他的头盔里发出古怪的回声。过了好一会儿，他才停了下来。

"海盗！"星子又说了一遍。

"不算是。"男人回答道。他的嗓音低沉又饱满，和他的年纪很相符，这是个年轻人。他的皮肤像白蛋壳一样白，一缕深色的头发垂在前额上，鹰钩鼻下的嘴角挂着一丝坏笑。尽管在星子看来他的长相算不上英俊，但确实引人注目。他用那双棕色的眼睛盯着星子的杏仁眼说："你和我想象的完全不一样，早知道你是……是这样一位老奶奶，我肯定不会放掉你的飞船的。"

他透过星子的头盔面罩，看到了她满脸的皱纹和愤怒。"一位非常老的老奶奶。"

她伸手一把抓住了分光镜，速度之快让他们两人都吃了一惊。

"我不是海盗。"男子说道。

"那就是一个杀人犯，"星子恨恨地说道，"你把我困在了这里，你想让我死。"

男子耸了耸肩，"我的确不应该放掉你的飞船。我之前从没干过这种事。但我之前从没在打捞的时候遇到过别的对手。我的确是冲动了。"

"是我先来的。"

"你可以搭我的飞船回去，老奶奶。我是不会抛下你的。但所有的战利品都是我的。你能活着离开就该谢天谢地了。"

星子想要张嘴反驳。那些古董透镜是她的，所有的"战利品"都是她的。如果不是她生病了，如果不是她的打捞船需要维修，这些东西早就是她的了。全都是她的，那个男人船上的每一件东西都是她的。但是星子什么都没说，回地球的途中有的是时间去思考，去酝酿见到太空港管理员时的说辞。她的声誉很好，他们一定会听她的。她会告诉他们自己才是物主。那个年轻人飞船上的那些透镜，和其他那些东西，都将会回到她手里。

年轻男人还在继续说着什么，但星子一句都没有听进去。她伸长脖子打量着剩下的那些望远镜。有几台望远镜已经被年轻人相当粗暴地拆掉了。

"野蛮人。"

"这个我来拿就好了。"他说着，从星子手里拿过了分光镜。"基斯·波兰格。"他报了名字，算是做了自我介绍。

星子什么都没说。

"你可以帮忙做点什么，拿着那些配件，它们都是黄铜制成的。我已经拆了五六个透镜了。"他扬了扬头。星子顺着往上看去，那些拆下来的透镜都飘在天花板上。"跟紧我，老奶奶。"

很显然他不想星子离开他的视线，不想冒险让星子有机会开走他的飞船，把他困在这座空间站里。来回两趟下来，尽管在无重力环境下，还带着满腔怒火，星子还是气喘吁吁，动作越来越慢了。她已经打定主意，只要他们一回到地球，她就会要求获得飞船上的所有东西，连这艘飞船也要赔给她。星子会看着他被送进监狱。如果运气好的话，等他到了星子现在这个年纪，才有可能被放出来。毕竟，太空港的管理者们对海盗的处罚一向都非常严厉。

"你干这行会不会太老了点儿？"基斯假惺惺地东拉西扯，想从星子嘴里套出点话来，"特别是你还一个人大老远地跑到这种地方来。"

星子始终一言不发。

从空间站发出的嘎吱声和偏移的角度来判断，这应该是他们最后一趟来观测室了。他们把注意力放在了仅剩的几台较大的望远镜上，那些最小和最不值钱的望远镜只能放弃了。基斯正在全神贯注地拆卸那台最新的望远镜。这也正合星子的心意。她正在距离基斯几米远的地方，小心地拆卸着几个她看中的配件。星子想着自己的心事，把基斯一刻不停的唠叨完全当成耳边风。但是，基斯不经意间的一句话却勾起了她的好奇心。星子放开手中的微型转仪钟，朝基斯飘了过去。

"真搞不懂这东西。"基斯正费力地拆着一个像是分光镜的仪器，"它好像不想让我把它拆下来。"但那并不是分光镜。

它看上去完全不像是星子见过的任何仪器。星子碰了碰基斯的手臂，让他停下来。

星子凑近了些，她的头盔面罩内侧映出了自己的脸庞。这件仪器的外壳看上去很特殊，像是外来的，和空间站里的其他东西完全不一样，也没有像空间站里的其他东西一样覆盖着塑料薄膜。不管这件仪器是什么，它都是在最近八九个月之内才安装上去的。也就是说，是在空间站废弃之后才安装上去的。

"没时间考虑这东西了。"基斯说。反正这东西也没有那些古董透镜和设备值钱，"别管它了。"

但是，星子从年轻人的声音中听出了担忧的意味。他在担心街车的轨道偏移。街车随时可能坠毁。"是的，没时间了。"星子说，"我们得离开这里了。"

但……星子还在继续研究那台仪器和安装那台仪器的望远镜。她透过望远镜看了一眼——看见了地球。她用手指调了调望远镜的侧面，放大了画面。镜头里的图像穿过云层，显示出了美洲大陆。星子继续放大画面，镜头里依次显现出城市、城市中的楼房、楼内办公室里的人们、人们桌上摆放的东西。她甚至可以听见声音，是一个男人在说话。那个男人在考虑在即将到来的结婚纪念日，带他的妻子去哪里共进晚餐。

星子吓得急忙从望远镜前退开，结果撞在了基斯身上。

"你听见了吗？"

基斯点了点头，"这么看来，老奶奶，那些天文学家在这里不只是研究星星这么简单。说不定他们还偷偷干一些商业间谍之类的活，或者是在监视那些政府官员。反正在这个地方，谁也发现不了他们。不管怎么样，我们都得走了。"

星子重新飘到了那台不寻常的望远镜旁边。

"你要再不快点，我就扔下你一个人走了，老奶奶。"

"不是那些天文学家。"星子对基斯说道。空间站突然一阵晃动，星子急忙抓紧了望远镜，"不是芝加哥大学的人干的，也不是别的大学的人干的。这台望远镜不是他们安装在这里的。"在基斯乱动之前，这台望远镜在观测什么地方？它在监视和监听什么？通过和望远镜相连的电路板，星子可以搞清楚这台仪器把图像和声音传到了……某个地方。"是哪里呢？"

"哪里？当然是回家了，"基斯说道，"你爱来不来。"

基斯又待了一小会儿，然后果断地离开了。星子听到他的头盔轻轻磕在天花板上的声音，听到空间站持续发生轨道偏移时发出的刺耳的金属摩擦声响。她看着基斯飘出了舱口，消失在走廊里。她应该跟上基斯的，但是她在这里还有事情要做。星子飘到控制屏前，打开了它。她快速查看了一下空间站的位置。在空间站彻底脱离轨道之前，她还有时间，虽然时间已所剩无几。

基斯也许会等着她的，星子对自己说。把这样一位"老奶奶"遗弃在空间站里会让他良心不安的，更别说本来就是他放掉了星子的打捞船。"小海盗会等着我的。"她大声说道，同时心里也觉得基斯会等到最后一刻。控制屏上显示，基斯的飞船还处在锁定状态。

星子重新回过头去研究那台奇怪的望远镜。她捥下一只手套，刺骨的寒冷像刀子一样戳痛了她，出乎意料的寒冷让她没忍住叫了出来。之前她为了方便搬运透镜，调低了空间站的重力，一定是那个时候不小心连温度也一起调低了。她强忍着立刻戴上手套的冲动，试着徒手摸了摸那台望远镜。太冷了！它摸上去不像是金属，也不像是陶瓷或者塑料。它摸上去不像是星子知道的任何东西。它甚至带着一种丝绸般的柔软质感。星子重新戴上手套，来回拨弄着望远镜上的旋钮。她发现那上面的标识文字并不是英文，不像空间站里其他地方的文字都是用英文标出的。那些奇怪的符号看上去有点像星子的母语。但它不是日文，也不是汉字。不是任何星子熟悉的文字。

星子又从望远镜里向外看去。调整了几下焦距和角度后，她看到了英国新国会大厦的外墙。又调整了一下，她的视线穿过窗户，看到了好几张人脸。他们在说话，星子听得清清楚楚。和之前那次一样，声音从无比遥远的地方传过来，却清晰得像星子同他们在一间屋子里一样。

星子又调整了一下望远镜，现在她看到了以色列酋长国[1]。她把视角调近了些，看到了北半球的一栋小小的建筑，应

1.作者虚构的一个国家。

173

该是某人的住所。有人正在里面熟睡，从周围的陈设来看，此人非富即贵。星子听见他在打鼾。她还听到门外有两个人正在窃窃私语。他们似乎正在讨论什么非常紧急的要事。

星子用双臂环抱住了这台不可思议的望远镜，想重新调整焦距。这时，空间站又是一阵颤动。

"该走了。"她对自己说道。她要和基斯一起返回地球，等一落地就把本该属于自己的东西要回来。但是她应该带上这台望远镜。它是这间观测室里最小的仪器。只要她能找到这台望远镜固定在哪里，她就能把它从控制台上拆下了。她可以把它搬到基斯的飞船上去。在零重力环境下，就算是她这样的老奶奶也可以搬得动任何东西。地球上应该有人需要知道他们正在被……被什么人监视着。

空间站不停地颤动着，金属之间相互摩擦的刺耳声又传了过来。星子完全没有理会，她一心关注着望远镜里看到的那个打鼾的人，还有那两个在他房间外窃窃私语的人。星子伸出下唇，用力地来回拉扯着那台望远镜和应该是望远镜上的转仪钟的东西。几分钟之后，星子感到它们开始有点松动了。

"你们有什么事？"

星子吓了一跳，急忙往四周看去，观测室里除了她，没有别人。她松了一口气：是望远镜里看到的那个男人在说话。星子看了一眼望远镜，之前在门外窃窃私语的两个男人已经走进了房间，叫醒了那个熟睡的人。

"总统先生，"其中一个男子说道，"我们发现了一些情况。"

"一些需要向您汇报的情况。"另外一个男子说道。他们打开了房间里的灯，开始给总统准备衣服。

"那套蓝色西装，"总统对他们说，"我昨天穿的是棕色的那套。"

星子继续拆卸那台望远镜，她感到手指下的控制板在不停地颤抖。下面的房间里有什么东西崩塌了，观测室里的灯光也开始忽明忽暗。为以防万一，她打开了头盔上的照明灯。

"快点，"她对自己说道，"不快点的话，基斯·波兰格就要驾着飞船独自离开了。"

空间站猛地晃动了一下，星子从望远镜前被甩了出去，飘到了控制屏前。"还有多少时间？"她一边说着，一边用戴着手套的双手尽可能麻利地操纵着控制板，想要搞清楚街车现在的轨道状态。

"到底有什么重要的事情非得这么早就叫我起来？现在根本都还没到早上，这才刚过凌晨一点。"

"总统先生，是国际关系方面的问题——"

"天啊！不！"星子的肩膀垮了下来。波兰格的飞船离开了。那些珍贵的古董透镜也离开了，她活着返回地球的希望破灭了。她感到刺骨的寒冷，浑身上下都在隐隐作痛。之前因为兴奋被她忽略的寒冷和疼痛现在变本加厉地卷土重来了。她耽搁的时间太久了，都是因为发现了……

"发现了什么？"一台她怀疑来自外星球，用来观测地球，而不是观测星星的望远镜。它看上去就像是外星科技的产物，精巧又富有诱惑力，诱惑着星子搭上了自己的生命。都怪星子那该死的好奇心。一定是某个外星人把这台望远镜安装在了这座废弃的空间站上，用来研究地球。就像人类在显微镜下观察蜻蜓的翅膀一样。而人类对这一切全然不知。

"总统先生，我们探测到轨道上有两艘巨大的飞船。它们不是我们的飞船。"

"它们是中国的飞船？还是巴西的？"

"从它们的轮廓判断……它们来自外星球，总统先生。"

"你能肯定吗？"

星子没有听到接下来的对话，她猜那两个来汇报的男人应该是点了点头。空间站突然剧烈地颠簸起来，星子从控制屏前飘了出去。控制屏上的红灯闪个不停，她不用看红灯旁的标签也知道发生了什么。空间站开始坠落了。

她感到浑身又冷又疼。活得够久了，她对自己说。她已经看见那么多星星了。多亏了这座空间站，她才有幸清晰地看到了"牝山羊"旁边的"小羊"。说真的，她已经看过足够多的星星了，可以说比地球上任何人一辈子看过的都要多。她飘在空中，听着从望远镜里传来的说话声，还有空间站开始解体的嘎吱声。

"我们没时间了！"

有说话声从星子的下方传来。星子转了个身，头朝下，双脚抵在天花板上。她看到基斯·波兰格出现在观测室的舱门口。他年轻的脸上满是恐惧。"我的飞船。"他说道，"有人把我的飞船放掉了。我一开始以为是你干的，为了报复我之前放掉了你的飞船。但我觉得你不会是想要自杀的那种人。"

是它们干的，星子想。是那些在这座空间站里安装了这台奇怪的望远镜的家伙。那些在地球轨道上的家伙。因为它们，某个英语国家的总统在凌晨被从睡梦中叫了起来。现在，她和基斯·波兰格也要死在这些家伙的手中了。

"但还有一个办法能离开这里。"基斯说着，把星子从天花板上拉了下来。"我发现了一只逃生舱。是这座空间站自带的逃生舱。它很小，但是我相信它可以——"

星子推开了他，飘回到那台外星望远镜前，继续不断地拉扯着它。

"我真的要走了！老奶奶！你有没有听到我说，这座空间站里有一个逃生舱？！"

"我们要带着这台望远镜一起走。"星子说道。她的声音听上去异常平静，完全不像基斯那样惊慌失措。她又猛拉了一下那台望远镜，把它拽了下来，或者说至少拽下来了望远镜的很大一部分。她把望远镜推给基斯，基斯伸手接住了它。他皱着眉不停地摇头。

177

"这是……它们的东西，那些外星人的。地球上应该有人需要看到这东西。基斯·波兰格。"

"外星人？"

"总统先生，现在轨道上有三艘外星飞船了。"望远镜还在继续播放着对话，即便它已经被星子拆了下来，现在正握在基斯·波兰格的手里。"根据发回的报告，它们正在飞离地球。我们的太空歼击机已经紧急起飞去拦截它们了。但是它们的速度太快了，只来得及拍下它们的影像。"

它们也拍到了地球的影像，星子心想。它们在御夫座街车里，在这座已经废弃了的雾灰色的箱子里，用了八个月的时间悄无声息地记录着地球上人们的图像和声音。这些人……或者说这些生物，它们这么做是出于什么目的？星子一边想，一边跟着基斯·波兰格离开了观测室，穿过一条又一条走廊，来到一片她之前没有探查过的区域。这里停放着一艘蛋形逃生舱，大小刚好能够容纳他们两个人。逃生舱周围散落着星子之前收集的透镜，那两个最大的耶基斯古董透镜也在那里。所以，当基斯·波兰格发现他的飞船被放掉了之后，他本来是准备用这艘逃生舱带着这些宝贝独自离开的。但最后，他还是决定回来带星子一起离开。他这么做是出于把星子的打捞船放掉的负罪感呢，还是因为他的良知不允许他独自离开？

"这么说你不是一个海盗。"星子若有所思地说道。她看着基斯把那架外星望远镜和几个比较小的透镜放进了逃生舱。

逃生舱太小了，装不下所有的东西，他只能扔下珍贵的耶基斯透镜。

基斯转过身来，想要把星子也拉进逃生舱。星子看到他脸上瞬间涌现出的恐惧与震惊，看着他手忙脚乱地想要重新接上宇航服的氧气管，而管子的另外一头现在正死死地被星子捏在手里。

"真对不起。"星子对他说道，"但是这艘逃生舱太小了，装不下我们两个人和耶基斯透镜。但这些透镜和外星人的望远镜必须运回地球。"

基斯还在挣扎着想要抓住被星子拔下来的氧气管。但是在零重力环境下，即使是老奶奶也不好对付。幸亏他没有穿最新款的全封闭式宇航服，要不然星子就没办法解决他了。

"对不起，"星子又说了一遍，"真对不起，基斯·波兰格。"

街车里还有一台完好的望远镜。那并不是观测室里最好的望远镜。但也正因为这样，才得以在星子和基斯的手里幸存了下来。

星子把望远镜对准了她觉得应该是英仙座东边的地方。她之前已经把那个年轻人好好地放进了逃生舱里，同时还打开了氧气开关。他应该很快就能醒过来。她还小心翼翼地把那些透镜都固定在了逃生舱里，同时还对那架外星望远镜做了额外的

179

防护措施，确保它能够经受得住逃生舱进入大气层时的猛烈冲击。基斯本来想扔掉这些东西来救她的，救她这个已经风烛残年的老奶奶。

做完这些之后，星子释放了逃生舱，回到观测室，回到了这台完好的望远镜的旁边。

和逃生舱里的那对四十英寸的古董透镜相比，这台望远镜上的透镜要先进得多。但是它们没有历史沉淀的痕迹。

英仙座的东边，就像过去北半球中纬度地区的人们能看到的一样。东——

"在这儿！"星子喊道。御夫座。秋季星座中最后出现的一个星座。如果没有那些来自城市的光污染的话，在她的家乡——日本的海岸上——本来是可以看到这个星座的。现在，御夫座正焕发出它全部的光彩。五车二，御夫座中最亮的星，"牝山羊"。"小羊"。那是疏散星团从三千光年之外发出的星光。

那正是街车要去的地方。三艘外星飞船中最大的一艘正拖着街车往那里飞去。无数的星星在四周交相辉映，璀璨无比。

"太棒了！"星子说道，"太棒了！"

THE LARGE MULBERRY

by

Liu Yanzeng

▽

半壁扶桑

刘艳增

刘艳增，打过工，创过业，做过自由人；目前从事管理咨询及企业教练相关工作。闲暇时喜读书，科幻类、悬疑类文学作品是消遣，也是养分。最认同刘慈欣的一句话：最好看的科幻小说，就是要把最疯狂最空灵的想象写得像新闻报道一样真实。

本文为《银河边缘》中文版专发篇目。

汤谷上有扶桑，十日所浴，在黑齿北。

——《山海经·海外东经》

1

骆秋生下工时，一轮圆月已经挂在东天上。

月饼和食藕的香气从家家户户飘出来，秋生的肚子叫得更响了。母亲做的食藕是半壁村最好吃的，这些年，几个邻居已经不再自己做，而总是怂恿母亲多做一些，之后就塞一些钱到她手里，说，你们家吃剩下的，我们包了。

母亲每次都是笑笑，也不拒绝。但中秋过后，她就会让秋生把钱还回去，然后抱着人家送的半袋苞米回来。

一进家门，秋生吃惊地看到，自家的八仙桌摆进了院子里，母亲和叔祖，还有其他几个长辈一起围在桌旁，长辈们身后还站着六个精壮的汉子。但他们都没在赏月，而是激烈地争论着什么。他们面前的食藕已经凉透了，月饼也没人动一口。

看到秋生进来，众人一下子安静下来。

"多做了些食藕，今年请长辈们也都来尝尝。"母亲站起来，对秋生笑笑说，但她在这样解释的时候，眉头仍是紧锁着的。

秋生依次叫了人，叔祖掸了掸长袍，捻须笑道："秋仔一定很饿了吧？快些吃饭吧。听你母亲说，你今晚还要去芸姨家。"

秋生脸红了一下，他看到一只竹篮放在桌子下面，被一块厚厚的棉布盖着，棉布上还冒着热气。秋生知道，那里面都是刚刚做好的食藕，这是母亲给芸姨和婉儿准备的。

芸姨是婉儿的母亲。今年开春时，叔祖把秋生母亲和芸姨叫在一起，对她们说，已经问了树神，她们两家将来会结成姻亲，可以给两个孩子做些准备了。

秋生记得，母亲当时开心极了，自己也被这突如其来的幸福冲得不知所措，整个晚上就在院子里，劈了一夜的柴。

"要不……现在就去吧？"母亲看着叔祖说，像是在征得他的同意，叔祖沉吟一下，点了点头。

母亲提起竹篮让秋生带上，又塞给他一个热乎乎的白色布包，小声对他说："路上随便吃一口吧。快些去，自己当心点。"

秋生心里疑惑着应了。他向长辈们点点头，转身走出门去。

但在出门之前，秋生察觉到一件不可思议的事——他看到，在自家大门的墙边，放着六只水缸粗、半人高的箩筐，三根粗粗的扁担搭在箩筐上。每只箩筐上也都盖着棉布，热气和香气在棉布上升腾着。

母亲牵强的笑容、催自己出门时急迫的样子，还有那足够几百人吃的食藕——这些都是因为什么？

秋生记得，刚才进门时，自己隐约听到长辈们正在谈论那个奇怪的地方——"茶壶嘴"。

半壁村群山环绕，两百多户人家高低错落排布在向阳的山坡上。山坡往南是一条河，村民们叫它半壁河。它自西向东安静地流淌着，之后在山坡的东侧拐了一个大弯，向北离这个隐蔽村落而去。

芸姨家住在村东，离半壁河的出口很近。现在正是月亮最大最亮的时候，秋生护着怀里的竹篮，一路小跑着。

凌乱的脚步声从身后传来，秋生回头看到，一个人影脚步趔趄地狂奔过来。他认出那是进财，村里有名的醉鬼。此刻，他的身上又是酒气熏天。

进财看到秋生，一把抓住他的肩膀，嘴里含糊不清地说着："鬼！有鬼……"

秋生皱了皱眉头，想扶他在路边坐下，但进财像是被吓破了胆，他甩开秋生，指着身后的石子路，满是血丝的眼睛直直地瞪着。"在那边……"

秋生在地上抄起一根粗树枝，摆出御敌的架势，进财闪到他的身后。

河堤上没有一丝风，堤边的垂柳似乎已经睡着，灰白的石子路静谧地躺在垂柳和山坡中间。除了他们二人，路上什么都没有。

秋生问他："你又喝恍惚了？"

进财指天发誓说："这次铁定没恍惚！我看到……"

远处有影子一闪，从山坡一侧跨过石子路，钻进了河堤下的草丛中。

进财惊呼了一声，又跌跌撞撞地跑开，边跑边哆嗦着，"它跟来了……"

秋生追上他的脚步，压低声音问："那是什么？你为啥说它是鬼？"

"我在树神庙里看到它……"进财的脚步不敢停下来。

"你跑去树神庙做什么?!"秋生愤怒地冲他吼。

进财家到了。他冲进大门，想把秋生一起拉进去，但秋生站在门外没有动。

"我没去过几次……"进财把门虚掩着，缩头观察着小路上的动静，"今天是头一次在那里看到那东西，像人的样子，它正从十来丈远处走向树神，空着手……

"然后它就突然转过身来，两手上竟多了一块大大的树皮！我发誓，我看不出它是怎么转身的，也不知道那树皮怎么就到了它手上！它黑黑的脸正对着我，我吓得一动不敢动。"进财边说边比画着，"它抱着树皮开始倒着走，样子怪得吓人。它就那样一直退到树下，一转身把树皮扣在了树身上。"

"它为什么要倒着走？"秋生一头雾水，"你说它像人的样子，看清楚了是谁吗？"

"树荫下，看不清。它忙了一会儿，那树皮完全贴在了树上，它就空着手又走了回来。"进财的眼神直勾勾地，"……还是倒着走，背冲着我。可突然地，它又变成脸朝向我的样子！我快给吓疯了……"

说完，进财砰的一声把大门关上了。

秋生的眉头皱得更紧了，进财喝酒后经常神神道道，不知道该不该信他的话。但进财打死都不愿意开门，秋生只好独自离开。

叔祖是这一辈的守树人，除他之外，村里任何人都不允许进入树神庙。树神庙建在村西一个山包上，离秋生家有一里多地，中间再没有人家。庙里有两棵巨大的桑树，它们根部纠结缠绕，树身互相依倚，树冠则合为了一体。据叔祖说，村里所有人的先祖，都来自古扬州城同一条巷子里。大约三百年前，扬州城破，史将军以身殉国，总兵李栖凤虽降，却对自己宅邸巷子的百姓动了恻隐之心，偷派亲兵把他们护送出城。不料此事被清军察觉，一路追赶，众人慌乱间逃进深山。

清军一直咬在后面紧追不舍，身后一二里外的火把，像是索命无常手中的灯笼。先祖们不敢停下脚步，他们在山中奔逃了两天两夜，所有人都已精疲力竭，有两个老人甚至累得吐血身亡。这时，他们也终于身处绝境——前路被一面顶天立地的石壁封死，再无去处。

女人孩子坐在地上痛哭，男人们也都陷入绝望。就在这时，有人摸到石壁上的一个狭洞，那狭洞洞口很小，且被草木掩盖，极难发现。人们从洞口深入，却越走越是宽阔，就像走进了一只"茶壶嘴"。令先祖们震惊的是，这狭洞竟穿山而过，尽头之外是一处巨大的山坞。那一刻人们抬起头来，看到了一轮新生的明月，也看到了那棵巨大的扶桑树。

扶桑树的其中一棵，树皮被剥去了一块，那片光秃秃的树干上刻着几个大字："安室利处"。

于是大伙儿齐心协力，一起用巨石把"茶壶嘴"封死，只留下半壁河的水路出入，自此在这里安顿下来。为了感念扶桑树的恩情，先祖们把它称作"树神"，为它建了座树神庙，并推举一位最德高望重的老人，做了那一辈的"守树人"。老人们一起立下了规矩：所有后辈，除"守树人"外，任何人都不准接近树神。以后的三百年间，无论外界怎样风雨飘摇，村民们都过着平静安稳的生活，这里仿佛成了一个与世隔绝的世外桃源。

2

秋生觉得，芸姨今天的笑容有些勉强。芸姨对他说，婉儿正在姑母家过节，兴许快回来了。她给秋生打来半桶桂花酒，一边看他一碗碗地喝着，一边不时瞄向大门的方向。

圆月已经转到西天上，秋生醉了。

芸姨说，明天让婉儿去秋生家赔不是，秋生大着舌头说不用了。他拦住芸姨不让她送自己，又推辞了她塞过来的苞米，只把芸姨家上次借的一把镰刀带了回来。

起风了。夏夜里暖暖的风摇曳着堤旁的垂柳，月光细碎地洒在路面上，像无数跳动的玉片。秋生步履蹒跚地走着，心想明天还要起早上工，须早些回去睡了。

一阵风吹来，风里夹着若有若无的人声，是一个男人的声音。

秋生迷糊之中只剩了一丝清醒，他无力去捕捉这声音的来源，只甩甩头继续往前走，但片刻后，另一串飘来的声音让他的大脑瞬间醒了过来。

那是婉儿的声音。

秋生的心怦怦跳着，他转过身，循着声音折返回去。很快他就察觉，那声音来自下方。他小心地绕过灌木，拨开杂草，一步步到河面的方向。

这是一个早已弃用的码头。秋生看到，有两个人并排坐在河边，背对着他的方向。左边的背影是一个男人，另一个，是婉儿。

他们脚下的河面上，漂着一艘乌篷船，缆绳拴在一旁的缆桩上。秋生看到，那船的吃水很深，像是装了什么很重的东西。

秋生认识这个男人，他讨厌他，整个村子的人都讨厌他。

男人叫费青，刚从外面回来。村里并没有不许村民离家的规定，但几百年来，大部分村民都安分守己，从不外出。即使是历代的货郎，也都很识大体，他们从不在外面谈山里的事，也不向任何人说起自己的来历。

费青的父亲就是一个货郎，但他没让儿子继续自己的营生，而是从小就把他送去外面求学。据说费青曾在日本留过学，前几年才回来。平日里他行踪不定，只在年节才会回到村里。

"我最后再问你一次，你到底跟不跟我走？"是费青的声音。

婉儿默默地摇了摇头，没有说话。

"你难道……真的会嫁给他?"秋生听得出,费青的声音有些颤抖。

婉儿沉默了很久,低声说:"叔祖问过树神,我和他是注定的姻缘。"

"愚昧!"费青站起身来,激动地挥舞着手臂,声音抬高了许多,"什么树神!什么姻缘天定!全是一派胡言!民国三十三年了,你们还信这些鬼话!"

看婉儿不作声,费青似乎更加气愤。他又坐下来,扶着婉儿的肩膀把她转向自己,婉儿想要挣脱,却没有成功。

费青盯着婉儿的眼睛说:"小时候你就喜欢黏着我,我知道,你心里一直有我。可为什么,你自己的命运要让一棵树来安排?……"

夜风已经凉透,它轻轻地呜咽着,在秋生听来,那像是婉儿低低的啜泣。

费青的声音变得有些冰冷:"你知道吗?我这次回来,就是为了这棵树!"

婉儿疑惑地抬起头来,看着他。

费青压低了声音:"这棵树确实有些邪门,但我们想用科学的方法研究它。上次在我家里,我给你看的那个东西,你还记得吗?"

婉儿记得,上次费青回到村里,给她看了那个奇怪的东西——他拔下她鬓角的一根细发,透过那东西看去,那根细发

191

就像是又黑又粗的树干。然后他把一片普通的树叶切成薄薄的片，婉儿看到，那叶片是由一个个泡泡组成的。

"那叫显微镜，只是最简单的仪器。你看到的那些泡泡，就是树叶上的细胞。军……中央科学院里的仪器更大更先进，但现在还没办法拿到这里来。我带显微镜去树神那里看过，这棵树各个部位的细胞，不是在分裂，而是一直在融合！"费青说得有些兴奋起来，"知道你不懂，你可以这么认为，它就像是一个老人，在越变越年轻！"

"你竟……偷偷进了树神庙？"婉儿惊恐地望着费青。

"这不是重点！"费青对婉儿的关注点有些气恼，"我只是想告诉你，这棵树和别的树在微观结构上没有什么不同。它可能有一种人们还没见过的生长方式，但绝没有决定命运的神力。"

"你胆子太大了……"婉儿低下了头，她觉得费青实在是犯了大忌。

"是你们被骗得太久了。"费青不以为然地说，"一棵树而已。而且，我还要告诉你，如果你今夜不走……"

秋生再也听不下去了，他的怒气已经冲到了头顶。这个油嘴滑舌的败类，他不仅迷惑了婉儿，亵渎了树神，更可能给村子带来晦气和灾难。

——为了婉儿，为了自己，为了全村所有人，现在我要毁了他！

一个冷冷的女声突然响起："我果然没猜错，就是你这个贱种勾引我女儿！"

3

两个人从满是杂草的码头小路走下来，是叔祖和芸姨。

费青和婉儿惊慌失措地站起来。费青一脚踢下缆桩上的绳扣，想跳到船上，但他四下看看，没有发现别人，就又收住了脚。

秋生也吃了一惊，他仔细观察了一下周围，发现确实只有叔祖二人。他突然想到了什么，遂悄悄地退出草丛，冲向木闸的方向。

"婉儿，你过来。"芸姨厉声对婉儿说。婉儿看了看费青，低头要走过来，却被费青一把拉住。

芸姨惊怒交加，叔祖却没有丝毫动气的样子。

"青仔，现在收手还来得及。"他对费青说。

费青盯着两位长辈，冷笑道："叔祖，现在已经不是我想不想收手的问题了。我倒是想劝劝您，不要再把持着这棵所谓的树神。它是科学的奇迹，而不是神棍的权杖。相信政府，把它交给科学院，才是真正为民造福。"

叔祖微微一笑，"好一个相信政府，好一个为民造福。谁的政府？谁的民？青仔，你可以骗我，但你骗不了你自己。你做了什么，我都知道。"

费青仍在冷笑着，但已显得没有了底气，他等着叔祖说下去，却似乎又怕他说下去。

叔祖指了指那艘乌篷船，"这艘船里，有你今天在树神近旁刨起的红土和挖出的草甸，对吗？"

"还有附近的虫蛾。"费青似乎松了一口气。他又环顾了一下四周，突然换上咄咄逼人的口气，一把抓起婉儿的手臂，"叔祖您可知道，我和婉儿早已经心心相印？"

叔祖颔首："我知道。"

"那么，您为何一定要拆散我们？"

"并非我要拆散你们，"叔祖摇头，"这是树神的旨意。树神通晓这里的一切因果，几百年来，半壁村的姻缘都由它来决定。"

费青像是懒得再说下去，他低头对婉儿耳语了几句什么，婉儿惊慌地看了他一眼，费青突然把她推到船上，然后自己也跳上了船。他抄起船桨奋力地划着水，乌篷船很快到了河道的中心，顺着半壁河的水流疾驰起来。

芸姨急得大叫，叔祖却若有所思地看着那艘船，一言不发。

乌篷船很快来到半壁河出口的木闸，那木闸是一截巨大粗壮的树身。平日里，树身的一端都被绳索牵引着抬起，只有在极特殊的情况下，木闸才会放下，将河道封死。

婉儿看到，木闸上站着一个人，他手持一把镰刀，正一刀刀砍向牵引木闸的绳索。

那是秋生！

费青也看到了秋生，他慌乱地从腰间掏出一把手枪，对着秋生连开两枪，但没有击中。

婉儿惊呼一声，她不顾一切地扑向费青，双手拉拽着他持枪的右臂。

费青顺势用左臂勒住婉儿的脖子，用枪口对准她的太阳穴，冲秋生疯狂地大叫着："停下！我叫你停下！"

已经来不及了，巨大的树身重重地砸向水面，木闸掀起的回浪让乌篷船倾斜着倒退。费青站立不稳，慌乱间松开婉儿，任由她一头栽进温凉的河水中。

一个人影从天而降，是秋生，他在砍断绳索的同时从木闸上跃下，双脚飞踹费青的头顶。

费青下意识地护头后退，但仍被秋生踢中胸口，两人双双摔进河里。

秋生看到，费青落水时手枪已脱手，他便没有丝毫的犹豫，拼命游向婉儿。

当他把婉儿救回岸上，回头看去，费青正一动不动地浮在木闸一旁的水面上。

4

费青醒过来的时候，立刻意识到自己在哪里。

他看到自己躺在一副土制担架上，身上的衣服已经换成了干的。叔祖坐在他的旁边，芸姨和秋生在两丈外观察着自己。婉儿站在秋生的身侧，一边惊恐地看向这里，一边用双手紧紧抓着秋生的手臂。

看到他醒来，秋生下意识地挺身护住婉儿，婉儿也把一半身子躲到秋生背后。

费青想要坐起来，胸口传来一阵剧痛，只好又躺了回去。

"没有伤到筋骨，只敷了些消肿的药，不碍事。"叔祖向费青身后看看，两个举着火把的粗壮汉子走过来，把费青架起。

费青长长地吐出一口气，树神就在十多丈之外，他抬眼望向头顶，两棵顶天立地的桑树矗立在眼前，在最上方收成一棵。

费青看着叔祖想说什么，叔祖却抬手制止了他。他顺着叔祖的目光看过去，摇曳的火光中，一只硕大的飞蛾向树神飞去，但它飞到五丈远时，突然就消失在了那里！

与此同时，一只一模一样的飞蛾从树神右侧出现，它飞近树神并绕着它一圈圈地飞舞，但它飞行的样子极为怪异，费青只观察了几秒钟，就发现了怪异的原因——它竟然在倒退着飞行！

一旁的众人也看到了这奇特的一幕，全都迷惑地看着叔祖，惊得说不出话来。

叔祖对费青说："从小，你就是个不安分的孩子。你还记不记得在你七岁时，曾经来过这里？"

费青当然记得，父母曾无数次地告诫过自己，任何时候都不要靠近树神。

但他一直是那种有着无限好奇心的小孩。那也是一个月圆之夜，他吃过晚饭，一个人瞒着父母来到树神脚下。

叔祖问："当时，你看到了什么？"

许多年来，那个场景始终清晰地印在费青的脑海中，也在他心里埋下了怀疑的种子。

费青感觉嘴巴有些发干，但还是回答了叔祖的问话，"我看到，在树神身上的一个地方，树皮已经被剥了下来，而您……正在那片光秃秃的树干上刻字。"

叔祖说："我刻的是什么字？"

费青说："'安室利处'。"

叔祖说："所以你就认为，关于半壁村祖先的传说，都是杜撰的。"

费青沉默了。

叔祖说:"今天你在树神的身上,剥下来一块很大的树皮,你还记不记得是在什么地方?"

这是最让费青迷惑的事。两个时辰前,他明明已经来过这里,先取了些树神外围的红土与草甸,送回船上后他又折返回来,剥下树神身上的一块树皮。但当他带着树皮离开时,树皮竟从他手上不翼而飞!在不明所以的恐惧中,他仓皇地逃离了这里。

叔祖说:"你可以把那个地方指给我看。"

费青感觉胸口已没那么疼,他和叔祖一起走近树神,并绕到它的另一侧,来到自己之前剥下树皮的位置。

然后,他一下子怔在那里。

两棵桑树的树身都完好无损,根本没有被剥去树皮的痕迹!

费青转过身来,愣愣地看着叔祖,后者的脸上竟是一种复杂的表情。

"这究竟……是怎么回事?"费青已是一片茫然。

叔祖指着树身上的一个位置,说:"这就是你剥去树皮的位置。而你七岁来到这里时,我正在这个位置刻字。"

……

一连串的异象在费青的脑海中疯狂地闪回,就像被扯断丝线后凌乱跳动的珍珠。

此时，那只飞蛾以正常的姿势向二人飞来，但它在距树神五丈远处又一次诡异地消失，之后，它又从树神的右侧，以倒退的姿势飞出！

突然之间，费青打了一个寒战！所有的珍珠改变了跳动的方式，它们的轨迹显得无比怪异，这怪诞的姿势让它们得以重新串联起来，又变回一条炫目的珠链。

"您刻那些字，是为了什么？"费青感觉自己的声音在颤抖。

"我把'安室利处'四个字刻在树神的身上，就是为了让三百年前逃难至此的先祖，能够看到它们。"叔祖说。

"您是说……树神能把现在的信息……带回到过去？"费青拼命放大着自己的想象力，但还是觉得这个念头太过荒唐。

叔祖却点了点头。

"树神周围五丈之内，时间是从未来流向过去。就在此刻，在秋生他们三人的眼里，你我的行为就像那只飞蛾一样不可思议，但我们自己却觉察不到。"

"所以……我虽能取下树皮和枝叶，却不能把它带出来。"费青若有所悟，但他仍有疑问，"难道，我们先辈中的守树人，就没有把那四个字刻上去？"

"我不知道，"叔祖摇摇头，"上一辈守树人是急病暴亡，他没有来得及交代是不是做了这件事。但我接手的时候，树神身上是没有那四个字的。"

"这说明……"

"这说明，"叔祖的目光中似乎充满忧虑，"我们的后代也没有人做这件事。不光如此，现在的树神身上，来自未来半壁村人的各种印刻，也非常稀少了。"

"您是说，每一代的守树人，都会把半壁村发生的大事，刻在它的身上？"

"确实如此。先辈们发明了各种各样的印记，把它们刻在树神的身上，让它成为从未来传回消息的信使。现在印刻稀少，必然是因为这场巨大的变故。"

"所以，三百年前的先祖，对他们之后几百年的事，都是一清二楚？"

"也不尽然。每一类事件的印痕深度不同，比如人们生老病死婚丧嫁娶这种事，印痕一般不过百年；而新皇登基或改朝换代的大事，却可以在两三百年前清晰地看到。"

"那么……"费青的声音忽然低沉下来，他看了看秋生和婉儿的方向，"他们两个虽非天定，却也是注定的姻缘了……"

叔祖带着费青来到树神的北侧，在树身上密密麻麻的印痕中，找出一个姻缘印指给他看，费青看到两个套在一起的圆，分别写着秋生和婉儿的名字。

叔祖说："数百年来，半壁村无数因缘际会，本就无天定之说。所谓因果，实是基于未来。"

接着，叔祖又让费青看了其他几个姻缘印、出生印和死亡印。

这时，费青的目光被上方一个大大的印痕吸引了，那印痕足有一尺宽，画了三个山峰的形状，山峰的后面有一颗大大的太阳，几条细线从太阳上方辐射开来。

那太阳上赫然刻着四个大字：

东瀛战败！

下面还有一行小字：民国三十四年八月十五日。

费青被震惊得说不出话来。

良久，他才说："叔祖，我之前一直认为，科学是没有国界的……"

"但从事科学的人是有国界的。"叔祖说。

"是的。我现在刚刚明白这个道理。"

"任何时候明白，都不算晚。"

"叔祖，我……并不是什么中央科学院的研究员。"

叔祖点点头说："我知道。"

"其实，一直资助我的，是……日本军部。"

叔祖依旧点点头："这我也猜到了。"

"那么，您应该还知道，他们利用我，并不是要研究这棵树本身，而是要用它获得未来的信息——但我之前并不知道这一点，这只是我刚刚的推测。"

"确实是这样。"

费青狐疑地看着叔祖,"您还知道什么?关于我,还有,关于半壁村?"

叔祖没有再说话,他的眼睛平视着树神,沉默着。

费青顺着他的眼光看去,在树神的身上,有几个随机排列的小孔,和其他的印刻不同的是,小孔呈现出暗红色。

那是弹孔!

带血的弹孔!

费青走上前去,抚摸着那几个弹孔。不知是不是错觉,他感觉那弹孔似乎还有余温。

费青已经明白了,为什么现在树神的身上,已经看不到多少来自未来的印刻。

日本军部不仅欺骗了他,更利用了他。他们对自己说,未来会提供足够的资金,来支持他对树神的研究。

所以,自己才会返回半壁村,除了尝试获取一些树神身上的组织,更为了给将要进驻这里的科考队,提供一手情报。

他看看天色,天已经快亮了,按照军部和他的约定,他们就快到了。

只不过,他们来的,一定不是对自己所说的什么科考队,而是军队!

那么,在即将到来的这场变故中,半壁村的村民到底经历了怎样的命运?而自己作为半壁村有史以来最大的叛徒,又需要对多少人的性命背负责任？

费青绕着树身慢慢地走着，他在寻找那些想象中的印痕。他知道，每一个刻有村民名字的死亡之印，都将是一个向他索命的冤魂。

但是，他只看到了一个这样的印痕。

这个印痕像是刚刚刻上去不久，它翻起的树皮还泛着青白色。

这是费青自己的死亡之印。

费青凄惨地笑了起来。他知道，这一次，在自己带来的这场灾难中，他或许做对了选择。

也许正是因为自己的这个选择，才让半壁村的其他人能够全身而退。

树神通晓这里的一切因果。现在，自己的因果来了。

"我不知道因果能不能被改变，"叔祖的语气依然平静，"但在两个时辰前，我已差人挪开了封死'茶壶嘴'的巨石，除了我们几个，村民们都已经由旱路疏散。"叔祖沉默片刻，和费青一起走回担架旁，对他说，"我们现在走，也还来得及。"

费青呆呆地回望着那几个黑黢黢的弹孔，说："既然未来仍有印记传回，那村民们应该不是永久地离开。"

叔祖点点头。"想必如此。我们只是躲避一时之灾，"他看了一眼秋生，"也仅备下了三天的口粮。"

"不。"费青摇了摇头，"这不是天灾，而是人祸！是我这个不肖子孙造成的人祸！"他的脸上没有了凄凉，只剩下了愤怒——对自己的愤怒，"叔祖，军部这次来，想必就是为了看到战争的结局，没有人留在这里，他们会不惜一切代价捉拿所有村民。这样一来，所有人都逃不脱。"

他看着属于自己的那方死亡之印，神色渐渐变得平静，"我相信，真正的因果，无论我如何挣扎，它都不会改变。'果'已经在眼前，'因'就必定会发生。我造就的因果，就让我自己来把它结束吧……"

一直都没有说话的秋生，此刻走上前来，他伸出双手握住费青的肩头，眼神恳切而坚定，"兄弟，以前做错了，以后还可以好好活！不要老说什么'因果'了，别忘了，你是唯一知道'科学'的人。我们走！"说完他挽着费青，想把他扶回担架。

费青轻轻拿开了秋生的手，他看了看婉儿的方向，又转过头来，微笑着对秋生说："正因为我懂得科学，你才应该知道我不是在迷信。你看，"他望向秋生和婉儿的那个姻缘印，像是在自言自语，"你、我还有婉儿，我们三人之间的因果，树神并没有看错。"

秋生本想再抓起费青的胳膊，听完这句话他愣住了，手悬在半空不知所措。

费青微笑着对秋生说："也许未来的科学能够解释这奇妙的一切，也许将来发现那个'科学'的人就是你的子孙。"

说完，他又转过头去，痴痴地望了婉儿一眼。

黎明前最黑暗的一刻已经来临。众人隐约听到，密集的马达声从山谷外面传来，半壁河入口的地方，探照灯炫目的灯光照亮了安静的河面。

5

2035年，南京反质子实验室。

"你到底是谁？你来自哪里？你的目的是什么？"这饱含哲学色彩的诘问，发生在最没有哲学味道的场景中——两支黑洞洞的枪口之下。

枪的主人，是实验室最精锐的两名警卫战士。在他们中间，平日里用义体支撑自己的那个老人，此刻却只拄着拐杖，但即使在这样的状态下，他满头的银发也没有一丝凌乱。可他那不怒自威的神色已经荡然无存了，泛起血丝的眼中现在只剩下了怒火。震惊、失望和伤感在熊熊烈火中一起燃烧着。

骆江川举起自己的双手，平静地看着老人。就在昨天，他刚被老人指定为特别助理，在"反质子实验室"九个核心组员中，他是唯一获此殊荣的人。

"老师……对不起。"骆江川向老人说着抱歉，脸上却毫无愧色。

"你早就知道它出现的条件……是吗？"老人的声音带着掩饰不住的战抖。

骆江川点头，"老师，我知道。"

"什么时候？"老人紧张地问。那种奇妙的场，是他七年前一个绝密的发现。但除了老人自己，这件事没有任何人知道。

七年前的某次试验中，发生装置的质子束刚刚就位，大量的反质子就出现在了靶标上。他以为是监测仪器出了问题，但换过一批之后仍然如此。后来他发现，在七十五个试验参数中，有一个参数设置错误。这直接导致这次价值不菲的试验失败了。

但为何错误的试验条件却产生了更多的反质子？他一直百思不得其解。有一天，他把这个现象当作一个思想试验，在九人都在场的会议上提了出来。

骆江川无意间说出的一句话，让他想明白了这一切——

"费曼曾经提到一个观点：正电子不过是一个沿着时间反演的电子罢了。"

是啊，时间！为什么没有想到时间？在那次试验中，出现在靶标上的反质子阵列极为有序，几乎就像是用来产生它的质子束的翻版。

一定是靶标附近的时间箭头被改变了，错误的试验条件，或许在那里催生出了逆行的时间。在反向的时间场中，质子束摇身一变，成了反质子束！

在又一次刻意设置了错误的参数之后，他看到了那个奇妙的存在。

就像一个孩子看到了新奇的玩具，他采用了一切在实验室中能够实现的手段，一一试探那个魔幻般的空间。令他深深痴迷的是，它表现出的每一种诡异的特性都相当稳定。他坚信，自己刚刚探索出了人类有史以来最伟大的发现——一种奇特的场，在它包裹的空间中，时间是逆行的。

但这个发现也让他陷入深深的恐惧之中，他不敢想象，这类超越时代的成果会为这个世界带来什么。经过几个月痛苦地思考，他决定隐瞒它的存在，甚至在荣获诺贝尔奖的那篇论文中，他都完全没有提到它。

"七年前，就在您刚刚发现它的时候。"骆江川说。

"你已经制造出了那种空间，是吗？"这句话其实不用问，作为他的特别助理，骆江川已经取得了实验室操作的全部权限，他七年的等待，应该就是为了这一刻。

老人开始有些气喘，他几乎把身体的一半重量放在了拐杖上："你想用它来做什么？"

骆江川没有回答老师的问题，他的眼睛看向实验室的天花板，平整光洁的屋顶上什么都没有，除了一片优雅的白色。

但很快，那白色里竟浮现出一抹淡淡的蓝，不是实体的那种蓝，它更像是一种光晕。淡蓝色的光晕以肉眼可见的速度变大，开始呈现出部分球体的样子。这诡异的透明球体就像一只蓝色的幽灵，从本来空无一物的屋顶轻盈地钻出来。之后它并未停留，而以同样轻盈的姿态慢慢下降，最终停留在老人和骆江川视线的中点处，一动不动地飘浮着。

骆江川把右手放下来，将握紧的拳头向老人摊开。

他的手里，是两颗种子。

两颗桑树的种子。

看着老人迷惑不解的神色，骆江川说道："老师，我曾和您提起过半壁村的传说，不知您是否还记得？"

老人的喘息声忽然停止了，过了几秒钟，他好像明白了什么，拄着拐杖的手渐渐松弛下来。

他冲两名警卫战士摆了摆手，二人收起枪，无声地退出了实验室。

与此同时，老人的身体已变得摇摇欲坠，骆江川冲过来扶住了他，将他搀扶到一把椅子上。

老人看着骆江川手中的树种，如释重负地低下头去，"难怪你一直对时间问题如此敏感，原来是你……"

"不，是您，老师。是您发现了逆行的时间，也是您给了那棵扶桑生长的条件。"骆江川说，"我只是遵照曾祖的遗愿，准备了这两颗种子。"

"原来骆秋生的曾孙，就是种下了树神的人……"老人抬起头来，他的眼神又变成了无数根钢针，"所以……十五年前的你，就是有备而来?!"

十五年前，骆江川以最优异的成绩考取了老人的博士生，当时的老人已经是国内反物质研究领域的泰山北斗，并已开始筹备一个秘密实验室，实验室以在常规条件下制备反质子为目标。

骆江川眼神中的愧疚一闪即逝，他对老人说："老师，我跟您一样，并不赞同把它向人类公开。但是，"他看着自己手中的桑种，像是在下着什么决心，"树神是已经存在过的事物，已经发生的我们无法改变，将要发生的也一样。按照曾祖告诉我的那些事，这句话已经被证明过。"

"倒果为因?"老人冷笑，"你是在用哲学思辨说服我，还是在威胁我? 不管是哪一种，仅凭你家族留下来的一个传说都休想达到目的!"

骆江川直起身来，他用坚定的眼神安慰着这位自己最尊敬的师长，对他说："老师，《山海经·海外东经》有云：'汤谷上有扶桑，十日所浴，在黑齿北。'"

"你是说……"老人瞪大眼睛看着骆江川，"《山海经》中记载的，那棵无比巨大的扶桑神树，就来自你手里的这两粒种子? 就是当年半壁村的树神?"但很快，他的眼神渐渐黯淡下去，"我们这样做……真的对吗？"

骆江川却在摇头，他的眼睛出神地望着手中的树种，"我不知道树神是否就是那株上古扶桑，但在已经发生过的历史中，树神并没有造成过多的影响，它只是在三百多年中守护了半壁村民。"

骆江川沉默了片刻，又缓缓说道："无论它们是不是同一株，我都相信，有了这个空间的保护，没有任何事物能够损害到树神的生长，它将毫无悬念地从现在活到上古时代。或许《山海经》的记述者所发现的，真的就是它五千年后的样子。"

｜雨果奖获奖作品｜

THINK LIKE A DINOSAUR
by

James Patrick Kelly

▽

像恐龙一样思考

［美］詹姆斯·帕特里克·凯利 著 / 刘为民 译

詹姆斯·帕特里克·凯利，美国科幻小说作家，曾获得雨果奖和星云奖。这篇《像恐龙一样思考》是他的代表作，为他赢得了1996年的雨果奖最佳中篇小说奖。

卡马拉·夏斯特里回到了这个世界，像她离开时一样赤身裸体。她蹒跚着走出组合器，努力适应着土伦太空站的微重力。我抓住她，一抖长袍裹住她的身体，扶她在担架车上躺好。三年的外星生涯重塑了卡马拉，她比以前瘦了，却生出了发达的肌肉。她留了几厘米长的指甲，左脸上有四道平行的刻痕，大概符合某些珍德族的审美标准。不过，最让我吃惊的是她眼里的陌生感，我如此熟悉的这块地方，似乎令她感到惊愕。好像对她来说，四壁与空气都是不可信的。她学会了像外星人一样思考。

我推着她来到走廊。"欢迎回家。"担架车突然冒出一句欢迎词。

她的喉咙一紧，我猜她可能会哭。三年前她就应该哭的。因为没有时间缓冲，很多移民刚出组合器就崩溃。卡马拉几秒钟前还远在珍德星，那是一颗我们叫作狮子座恒星的第四颗行星，现在却身处月球轨道。家已近在咫尺，她生命中的伟大冒险已经结束。

"麦修?"她问。

"麦可。"她还记得我，我难以抑制心中的喜悦，毕竟她改变了我的生活。

自从来到土伦站研究恐龙，我已经迎来送往了差不多三百位移民。但量子扫描出问题的，我只遇到卡马拉·夏斯特里一例。我怀疑恐龙根本不在意，他们允许自己偶尔犯错。我非常了解她，至少了解三年前的她，甚至超过了解我自己。恐龙传送她到珍德星时，一共传送了50391.72克的质量；她的身体每立方毫米有481万个红细胞；她会吹一种名叫印度唢呐的竹制乐器；她父亲来自塔纳，临近孟买；她最喜欢西瓜口味的软糖；她有过五个情人；她十一岁时想当体操运动员，长大后却成为一名生物材料工程师，二十九岁自愿去外星学习培育人造眼。她花了两年时间参加移民训练，知道自己随时可以退出，直到被秀莲转换为超光速信号的那一刻。至于平衡方程式是什么意思，他们已经不止一次跟她解释过了。

2069年6月22日，是我们初次见面的日子。那天她乘太空船从路尼斯的L1太空港出发，10点15分穿过气闸舱进入土伦站。她个子不高，身材丰满，中分的黑发紧贴在头上，皮肤染得很深，以抵御狮子座恒星的紫外线，那种墨蓝色很像是黄昏时分的天空。她身穿条纹紧身衣，脚蹬自粘便鞋，方便她在逗留期间四处行走，我们的重力水平只有0.2G。

"欢迎光临土伦站。"我笑着伸出手，"我叫麦可。"我们的手握在一起，"我的专业是研究智慧体，但也兼职做做导游。"

"导游？"她困惑地点着头，"好吧。"她看向我的身后，好像还有别人似的。

"哦，别担心，"我说，"恐龙都关在笼子里。"

她睁大了眼睛，放开我的手。"你们把哈宁族叫作恐龙？"

"不好吗?"我大笑,"他们叫我们宝宝、可怜鬼之类的各种外号。"

她惊异地摇着头。从未见过恐龙的人往往会理想化这群爬行类,以为他们既聪明又高贵,精通超光速物理学,把地球介绍给银河系的各大文明。我怀疑卡马拉从未见过恐龙打牌,或者狼吞虎咽地吃下一只尖叫的兔子,而且她也没跟哈宁族的琳娜争论过,因为琳娜到现在也不相信人类已经做好了去外星的心理准备。

"吃过饭了吗?"我指了指通向接待室的走廊。

"嗯……还没吃。"她无动于衷,"我不饿。"

"我猜你太紧张了,所以不想吃饭,连话都不想说。你盼着我闭上嘴,赶紧把你扔进石球射出去。别老想着这破事儿,嗯?"

"其实我并不介意跟你说话。"

"那就好。听我说,卡马拉,我有责任正式提醒你,珍德星上既没有花生酱,也没有果冻三明治,更没有咖喱鸡。还记得我叫什么名字吗?"

"麦可?"

"瞧,你没那么紧张。来点儿玉米饼,或者一片茄子比萨。再不吃,就没机会品尝人类的美食了。"

"好吧。"她还在忙着鼓足勇气,笑不出来,只翘了翘嘴角,"其实,我不介意来杯茶。"

"现在，他们已经有茶了。"她跟着我走向第四接待室，咯吱咯吱地踩着自粘地毯。"当然，他们是用修剪草坪剩下的碎草做的茶。"

"珍德族不种草坪。他们生活在地下。"

"我都忘了。"我把手放在她肩头，隔着紧身衣，可以感觉出肌肉的僵硬，"他们要么都跟白耗子似的，要么头上长着大红包。"

"他们长得一点儿也不像耗子。"

我们穿过泡泡门，来到第四接待室。这是个紧凑的长方形空间，散放着几件低矮舒适的家具，一头是简易厨房，另一头是壁橱和真空厕所。天花板是蓝天，较长的那面墙是一幅实时风景画——查尔斯河和波士顿的高楼大厦沐浴着六月末的炽烈阳光。卡马拉刚从麻省理工学院完成博士学业。

我封闭了泡泡门。她搭边坐在沙发上，像一只待飞的鸟。

我正在沏茶，指甲屏闪了一闪。我接通了信号，微缩版的秀莲冒了出来，启用了密谈模式。她没有看我，眼睛一直盯着操控间的屏幕墙。『有个问题。』她的声音在我的内置耳机里嗡嗡作响，『其实事情不大，不过我们今天必须取消最后两个传送名额。把他们安顿在路尼斯，明天第一批传送。这个人你能拖住一小时吗？』

我答应了她。"卡马拉，想会会哈宁族吗？"我把秀莲的形象投射到墙上，跟真恐龙一般大小，"秀莲，这是卡马拉·夏斯特里。秀莲才是真正办事儿的，我就是个看大门的。"

秀莲用一只眼睛侧目看过来，然后转过头，用另一只眼睛盯住卡马拉。她是恐龙里的矮子，只有一米多高，脖子上却支棱个大脑袋，好像小柚子顶着个大西瓜。她一定给自己涂了油，身上的鳞片银光闪闪。『卡马拉，请接受我最美好的祝福。』她抬起左手，展开纤细的五指，露出已经退化的黑色蹼膜。

"当然，我……"

『你允许我们为你执行远程传送吗?』

她坐直了。"当然。"

『有问题吗?』

我敢肯定她有无数个问题，此刻却因为害怕而问不出来。看她还在犹豫，我插嘴说："比如先有蛋还是先有恐龙。"

秀莲没理我。『你什么时候开始最方便?』

"她还有点儿茶要喝呢。"我把杯子递给她，"等她喝好了，我带她去。大概一个小时吧。"

卡马拉忸怩不安："不，真的，用不了那么……"

秀莲张嘴露出牙齿，有几颗跟钢琴键一般长。『你的安排很恰当，麦可。』她切断了信号，一只海鸥从她消失的地方飞过。

"你为什么要那么说?"卡马拉尖声问道。

"因为按规定你必须排队等待。今天上午不只要传送你一个移民。"这当然是扯谎。因为朱迪·拉乔，我们才被迫削减了计划，此人也是派到土伦站研究智慧体的，要去希帕克斯大学提交我们的论文：《哈宁族身份认同概论》。"别担心，有我在，你不会等得不耐烦的。"

一时间，我们四目相对。我可以喋喋不休地说上一个小时，这种事儿我没少干过。或者我可以套套她的话，问她为什么去外星，无非是她有一个失明的祖母或侄子，正等着她把人造眼带回家；如果这还不够，就问她还能不能弄出什么副产品，可以根治肺结核、营养不良、早泄之类的。或者我可以把她留在房间里一个人面壁，诀窍是得摸清她到底害怕到什么程度。

"讲个秘密给我听吧。"我说。

"什么？"

"秘密，只有你知道，别人不知道的。"

她瞪着我，好像我刚从火星掉下来。

"听我说，一会儿你就远在……三百一十光年之外了，一去三年。等你回来的时候，我很可能早就飞黄腾达、远走高飞了，很难说我们还会见面。所以你能损失什么呢？我保证不说出去。"

她向后靠住沙发，杯底垫在大腿上。"又在考验我，是吗？我过了那么多道关，他们还不放心派我去。"

"不不，过不了几小时，你就要跟白耗子一块钻黑洞、啃坚果了。这是我的个人兴趣，随便聊聊。"

"你疯了吧。"

"实际上，我相信你想说我有多语症。多少的多，语言的语。我只是喜欢聊天而已。这样吧，我先讲。如果我的秘密不够刺激，你什么都不用讲。"

她眯起眼睛，呷了一口茶。我敢肯定，她此刻的好奇心已经盖过了对石球吞人的恐惧。

"我在天主教家庭长大，"我坐在她对面的椅子上，"现在已经独立了，但这不算秘密。父母把我送进了圣母玛利亚高中，我们叫它母高，是一对老夫妻办的。托马斯神父教物理，我没及格，主要因为他说话像嘴里含着核桃。他老婆詹妮弗嬷嬷教神学，她像教堂的大理石长椅一样温情，外号就叫母高妈妈。

"我毕业前两星期的一个晚上，托马斯神父和母高妈妈开着雪佛兰微型车出去吃冰激凌。在回家的路上，母高妈妈闯了黄灯，被一辆救护车撞到了侧面。我说过她很老，可能有一百二十岁，他们十年前就该撤销她的驾照了。结果她当场死亡，托马斯神父也死在了医院。

"当然，我们都该为他们难过，我也有一点儿，可我从来没真正喜欢过他们俩，而且他们一死，我的课就泡了汤，恨死我了。所以，我更多是生气而不是难过，但我也有几分内疚，不该这么无情，假如你也在天主教家庭长大就能理解。不管怎么样，出事第二天，他们召集大家在体育馆开会，我们全都惴

219

惴不安地坐在看台上，主教本人以远程临场方式讲了一大通，没完没了地安慰我们，好像我们死了爹妈一样。我拿这事儿跟旁边的同学说笑，被他们逮到了，结果受了校内处分，毕业前一周不准上学。"

卡马拉喝完了茶，把空杯子放到内嵌到桌子里面的杯架上收好。"再来一杯吗？"我问。

她躁动不安地反问我："为什么告诉我这些？"

"这是秘密的一部分。"我靠在椅子上，"听我说，我家那条街离圣灵公墓不远。从麦金利大街的车站走回家，我必须穿过墓地。这事儿发生在我惹了麻烦后两三天，大概在午夜前后，我正往家里走。因为刚参加完一场毕业聚会，我要了点小聪明，自我感觉跟古代先哲一样睿智。当我穿过墓地时，我偶然发现两个紧靠在一起的土堆。起初我以为是花坛，后来我看到了两个木头十字架。这是两座新墓，托马斯神父和母高妈妈就躺在里头。十字架很简陋，差不多就是横竖两块木头涂上白漆，再砸进地里。名字都是手写的。我一看就明白了，十字架是临时标记两座墓用的，等石碑运来就撤了。这是个千载难逢的机会，不需要任何小聪明我也看得出来。如果我调换一下两个十字架，谁会注意到呢？把木头从地里拔出来也不费什么力气。我用手把土抚平，然后撒腿就跑。"

到了这一刻，她似乎被我的故事深深吸引住了，稍稍对我放低了姿态，眼中闪出惊恐的光。"那样做太可怕了。"

"绝对是。"我说,"不过在恐龙们看来,把尸体埋进墓地,再拿刻了字的石头做个标记,只有可怜鬼才想得出来。他们说死肉是没有身份的,何必对死肉动情呢?琳娜总说我们拉完屎也该做个标记才对。但这也不算秘密。我接着说,那天晚上很暖和,六月才过了一半,但我跑的时候,天气变冷了,非常冷,我都呼出了白气。我的鞋越来越重,好像变成了石头。当我快跑到后门时,感觉自己好像顶着大风狂奔,但衣服却没有飘起来。我慢慢停下来不跑了。我知道可以撑过去,但我的心怦怦直跳,接着我听到了沙沙的声音,跟耳朵贴近贝壳听到的一样。所以我的秘密就是,我是个胆小鬼。我把十字架换了回去,再也没敢靠近墓地。"我朝着土伦站第四接待室的四壁点了点头,"事实上,在我成人以前,我能离那儿多远就离多远。"

我在椅子上坐稳,她定定地看着我。"绝对真实。"我说着举起了右手,开始大笑。她见我笑了显得十分惊讶,深色的面庞绽开了笑容,突然也咯咯地笑起来。笑声温柔而清脆,像小溪流过光滑的卵石,我听了笑得更凶了。她的嘴唇很饱满,牙齿很白。

"该你讲了。"我终于说。

"噢,不,我讲不来。"她摆手拒绝,"我没有那么好的……"她顿了一下,随后皱起眉头。"你以前没讲出来过?"

"讲过一次,"我说,"讲给了哈宁族,我入职前做过心理筛查，但我没讲后半部分。我了解恐龙的思维方式，所以我只讲到我调换了十字架，剩下的留在了宝宝肚子里。"我对她晃了晃手指，"别忘了，你答应过帮我保守秘密。"

"我答应过吗？"

"讲讲你小时候的事儿吧。你是在哪儿长大的？"

"多伦多。"她打量了我一眼，"我倒有个故事，只是不好玩，挺惨的。"

我点头以示鼓励，把多伦多的风景显示在墙上，国家电视塔、道明中心、商业法庭和国王尖塔雄踞画面之中。

她扭头看着画面说："我十岁的时候，我们搬了家，就在市中心布卢尔街，离我妈妈上班的地方比较近。"她指着墙，转回头面向我，"她是会计。我爸爸为创意工程设计背景图。我家那幢楼很大，电梯里似乎总有十个不认识的邻居。有一天我放学回家，一个老太太在大厅拦住我。'小姑娘，'她说，'想不想挣十块钱？'我父母警告过我不要跟陌生人说话，但她显然就住在楼里，而且她腿上绑着一副老式的外骨骼，所以我知道如果需要逃跑，我比她跑得快。她叫我去店里替她买东西，给了我一张清单和一张现金卡，让我把所有东西送到她的家，十楼二十三号。我本该多留个心眼，因为市中心随便哪家店都可以送货上门，但是我很快就发现，她真正希望的是有人跟她说话。她愿意为此付钱，通常是五块或十块，取决于我待多长时间。不久以后，我几乎每天放学都去顺便看她。我想我父母知

222

道了不会让我去的，他们都很严厉，知道我拿她的钱不会高兴的。但他们两个六点以后才到家，所以，这就是我一直保守的秘密。"

"她是谁？"我说，"你们聊了什么？"

"她叫玛格丽特·阿塞，九十七岁。我想她以前从事咨询师一类的工作。她丈夫和女儿都死了，一个人过。我对她了解不多，大部分时间都是她问我答。她问我的朋友怎样，在学校学了什么，家里都有谁。就是这些事儿……"

她的声音渐渐低下来，这时我的指甲又开始闪了，我接通了信号。

『麦可，很高兴通知你，可以过来了。』秀莲在我耳朵里嗡嗡道，她比原定时间提前了将近二十分钟。

"瞧，我说什么来着，我们不会等得不耐烦的。"我站起身。卡马拉睁大了眼睛："我准备好了。"

我伸出手去。她抓住我的手，借我的手力站了起来。她握了一会儿才放手，我能感觉到她的决心是多么地不坚定。我把手放在她腰上，引她来到走廊。在土伦站的微重力环境下，她已经感觉自己的身子仿佛在记忆中一样毫无实感。"现在告诉我，后来怎么惨了？"

起初我以为她没听见。她慢吞吞地走着，什么也不说。

"嘿，别卖关子，卡马拉，"我说，"你得把故事讲完。"

"不，"她说，"谁说我得讲完。"

我没往心里去。如果不是为了转移她的注意力，我才没兴趣跟她闲聊，她有权利选择拒绝。有些移民能一直聊到钻进石球为止，但很多人都会提前变得沉默寡言，他们转向了自己的内心。也许在她的脑海里，自己已经身处珍德星，被强烈的白光晃得睁不开眼。

我们到达了扫描中心，这里在土伦站里占地面积最大。迎面就是那只巨大的蓝色石球，四面围绕着量子无损感应阵列，即所谓的QNSA。石球的蓝是那种冰川般的淡蓝，大小相当于两头大象，上半个石球已经升起，扫描台像银灰色的舌头一样伸出来。卡马拉走近石球，光滑的球面扭曲了她的倒影，她伸手摸了摸。石球右侧是喷雾间和卫生间，还有一把软包长椅。我朝左侧的操作间看去，秀莲站在里面，歪着那颗不真实的大脑袋透过窗口看着我们。

『她听话吗？』她在我耳机里嗡嗡道。

我比了个一切顺利的手势。

『欢迎你，卡马拉·夏斯特里。』秀莲的声音从扬声器里传出来，带着一种抚慰人心的平静，『准备好接受远程传送了吗？』

卡马拉朝窗口方向一探身，"就在这儿脱衣服？"

『如果方便的话。』

她走向长椅，跟我擦身而过。显然已经当我不存在了，这是她跟恐龙之间的事儿。她很快脱下衣服，把紧身衣整齐地叠好，然后把便鞋塞到长椅下面。我用眼角的余光偷看她，脚很小，大腿很结实，后背的深色肌肤光洁而诱人。她走进喷雾间，把门关好。

"准备好了。"她大声说。

秀莲从操控间接通了回路，浓厚的纳米晶体雾通过回路灌入了喷雾间。纳米颗粒附着在卡马拉身上，扩散开来，并逐渐覆盖她的体表。一部分被她吸到肺里，进入血液。她只咳了两咳，显然训练有素。过了八分钟，秀莲清除了喷雾间里面的雾气。她又出现了，仍然当我不存在，重新面对操控间。

『现在你得自己躺上扫描台，』秀莲说，『然后让麦可帮你固定好。』

她毫不迟疑地走向石球，从旁边的车梯爬上去，慢慢在台子上仰面躺好。

我跟着她爬上去。"你当真不想讲完你的秘密了？"

她眼睛盯着正上方，一眨也不眨。

"那好吧。"我从臀包里摸出喷雾罐和火花器，"下面的事情跟你受训的内容相同。"我为她的脚底补喷上纳米颗粒。这时，我看到她的肚皮剧烈地一起一伏，一起一伏。她的呼吸已经完全乱了。"记住，在扫描器里可不能跳绳，也不能吹口哨。"

她毫无反应。"现在深呼吸。"我对着她的大脚趾打了一个火花。啪的一声，她皮肤上的纳米颗粒织成了一张网，绷紧，把她锁在原位。"替我朝白耗子吼两声吧。"我拿起装备，爬下车梯，然后把车梯推回墙边。

一阵低低的嘤嘤声响起，石球收回了舌头。我看着上半个石球降下来，吞没了卡马拉·夏斯特里。随后我走进了操控间，跟秀莲共处一室。

我不是那种认死理、觉得恐龙不臭就不是恐龙的人，这也是我被派来近距离研究他们的原因之一。巴卡就是个反例，我敢说他身上一点儿味儿都没有。正常情况下，秀莲略微有些体味，但并不难闻，类似走了味的红酒。不过，一旦她压力大了，体味就会变得酸臭刺鼻。看来她上午一定忙得够呛。我只好一直用嘴巴呼吸，在我的操作台前坐好。

石球已经合严，她麻利地操作着。即使经过充分的培训，移民还是很容易迅速陷入幽闭恐惧，毕竟他们躺在黑暗中，身披纳米束身甲，除了等待还是等待。新加坡培训中心的模拟器会在模拟扫描时制造一种声响，听起来很像细雨淅淅沥沥地敲打着石球，还有人说像收音机在低音量时的静噪声。移民听到这种声响会有安全感。我们在石球里为他们再现了这种声响，其实三秒钟左右即可完成扫描，而且完全静音。从我的角度看过去，矢状面、冠状面和轴位平面三个窗口都已停止闪烁，表明数据采集已经全部完成。秀莲正忙着呜噜呜噜地自言自语，都懒得翻译给我听，显然没有任何情况需要告诉麦可宝宝的。她的大脑袋随着眼前铺天盖地的读数摇摇摆摆，爪子点击着黄色和橘色交替的触摸屏。

在我的操作台上，只有一个传送状态显示屏和一个白色按钮。

我说自己就是个看大门的，一点都不假。我的研究领域是智慧体，不是量子物理。无论这天上午传送卡马拉出了什么问题，我都无能为力。恐龙告诉我说，量子无损感应阵列能够绕开海森堡不确定性原理，方法是把测量时空的尺度降低到极小，小到不必考虑波粒二象性。那要多小呢？他们说，没人能"看到"只有1.62×10^{-33}厘米长的东西，因为一旦小到这样的尺度，时间与空间就会分离。时间不复存在，空间变成随机概率泡沫，就像量子的唾沫。我们人类把那个尺度称为普朗克长度，同样也有普朗克时间：10^{-43}秒。如果两个事件发生的时间间隔短到这样的尺度，就不可能知道哪个事件在先。这些就是扫描背后的原理，对我来说就像恐龙语一样无法理解。哈宁族用不同的技术创建了人造虫洞，用电磁真空波动维持其开放，让超光速信号穿越其中，然后在目的地以基本粒子重组移民的身体。

我看着面前的状态屏幕，卡马拉·夏斯特里的数据信号已经压缩，并通过虫洞传送。就等着珍德星确认结果了。一旦收到正式通知说她已安全到达，就由我来平衡方程式。

细雨淅淅沥沥地敲打着石球。

有些哈宁技术非常强大，足以改变现实本身。虫洞可以被某些时间穿越狂人用来搞乱历史，扫描器加组合器可以用来创造无数个秀莲，或者无数个麦可·伯尔。原始的现实尚未遭到诸如此类的异常干扰，保持着恐龙所说的和谐。任何智慧体想要加入银河俱乐部，必须首先证明他们愿意全心全意致力于维护和谐。

自从我来到土伦站研究恐龙，按下过大概三百多次白色按钮。为了保住这份差事，我不得不如此。按下按钮，一束致命的电离辐射脉冲就会射入移民遗留的身体副本，贯穿大脑皮层。既然是遗留的副本，就没有存在的必要。没有思维，没有痛苦，死亡瞬间即至。当然，平衡方程式的最初几次经历让我感到心里很受伤，即使现在，我仍然感到……不舒服。不过对于移民来说，要想踏上外星之旅，就得花钱买票。某些与众不同的人认为票价合情合理，比如卡马拉·夏斯特里，这是他们的选择，不是我的。

『情况不乐观，麦可。』自从我走进操控间以来，秀莲第一次对我说话，『差异性正在扩展。』在我的状态显示屏上，检错程序已经开始计数。

"问题出在这边，"我感到五脏六腑猛地纠结在一起，"还是那边？"如果原始扫描结果通过了检查，那么秀莲只需要重新发送给珍德星即可。

长时间的沉默，令人无法容忍的沉默。秀莲专注地看着屏幕，就像看着她的头胎幼崽正在破壳而出。她两肩之间的呼吸器胀大到了平时的两倍。我的屏幕告诉我，卡马拉已经在石球里待了四分多钟。

『还好，重新校准扫描器，再来一遍就行。』

"该死。"我一巴掌拍在墙上，把手肘震得发麻，"我以为你修好了。"一旦检错程序发现问题，重新发送几乎是唯一的解决办法，"你肯定吗？秀莲。这个人在我固定她的时候就快坚持不住了。"

秀莲轻蔑地喷了一下鼻子，用细瘦的小手拍打着屏幕上的数字，好像一拍就正常了似的。跟琳娜和其他恐龙一样，她把害怕传送的人类称为可怜鬼，对我们的恐惧很不耐烦。但与琳娜不同的是，她相信总有一天，等我们使用哈宁技术足够久了，我们会像恐龙一样思考。也许她是对的，也许当我们在虫洞中飞来飞去几百年以后，我们会欣然舍弃多余的肉体。恐龙和其他智慧体移民的时候，多余的肉体都是自行了断的，非常和谐。他们想在人类身上推广这一套，却不总是行得通。这才是我来这儿的真正原因。『需求非常明确，必须延长大约三十分钟的时间。』她说。

卡马拉在黑暗中孤独地躺着，将近六分钟过去了，比我领来的任何移民都久。"我听听里面有什么声音。"

卡马拉的尖叫声响彻了整个操控间，在我听来不像是发自人类，更像是汽车出事前车轮摩擦地面的刺耳噪音。

"我们得把她弄出来。"我说。

『宝宝才会这么思考，麦可。』

"宝宝才会救宝宝，该死。"我知道把移民弄出石球会惹出很大的麻烦。我本来可以让秀莲关掉扬声器，坐在那儿任凭卡马拉受苦。但我决心已定。

"我把门梯推过去你再打开石球。"我朝门口跑去，"别关音效。"

石球刚开启一道缝，便传出她的哀号。上半个石球似乎迟迟升不起来，从外面也听得出她正与纳米束身甲搏斗。我刚想到她不可能叫得更大声了，她就用行动证明我错了。秀莲和我完成了一项壮举，我们把这位勇敢的生物材料工程师的人类尊严剥得精光，只在原地留下一头惊恐万状的野兽。

"卡马拉，是我，麦可。"

疯狂的尖叫逐渐变成连贯的句子。"不要啊……不要……老天爷，救命！"如果可能，我真想跳进石球救她出来，可感应阵列很脆弱，我不想冒险让自己陷入更大的麻烦。我们两个都只好等待着，直到上半个石球完全打开，扫描台把可怜的卡马拉送到我面前。

"好了好了，什么事儿都没有了。听到了吗？我们带你出去，就这样。一切都好。"

我用火花器解开束身甲，她一下扑到我身上。我向后一踉跄，差点儿摔下车梯。她紧紧抱住我，让我气都喘不上来。

"别杀我，求你了，别杀我。"

230

我用力将她向后扳倒。"卡马拉!"我挣出一只手臂,用这只手臂分开我们俩,狼狈地侧身躲到车梯顶端。她在微重力下身子前仰后合,对着我连抓带打,指甲刮过我的手背,留下一道道血痕。"卡马拉,住手!"我只能受着,退下了车梯。

"浑蛋!你们该死的想对我做什么?"她颤抖着大口喘了几喘,然后开始抽泣。

"扫描器不知出了什么问题,秀莲正在找原因。"

『问题不明。』秀莲在操控间里说。

"但与你无关。"我退向长椅的方向。

"他们骗我,"她嘴里喃喃道,身子缩成一团,仿佛浑身上下只剩下一张皮,"他们说我什么也感觉不到,可是……你们知道那是什么感觉吗……简直……"

我摸到她的紧身衣,"听我说,你的衣服在这儿,为什么不穿上呢?我们带你出去。"

"你们浑蛋。"她又骂了一句,但声音已经不带情绪。

她终于被我劝下了车梯,摸索着开始穿衣服。我在一旁默默地数着墙上的光点。这是一种生物光源,发出柔和的橙色光,突出在墙外,跟旧时的一毛钱硬币大小相同。我爷爷过去攒过这种硬币。我数到四十七,她才穿好衣服,准备好回到第四接待室。

之前她只是搭边坐着沙发,满怀期待,现在却一屁股瘫坐在上面。"那么,现在怎么办?"她问。

"不知道。"我去简易厨房取下蒸馏器的水瓶,"现在怎么办? 秀莲。"我用水浇掉手背上的血,伤口有些刺痛。耳机里寂静无声。"看来我们得等。"我最后说。

"等什么?"

"等她修……"

"我不会回去的。"

我决定先不谈这个,现在就想说服她未免太早,可是一旦秀莲校准好扫描器,剩下的时间就不多了。"想补充点儿什么吗? 也许再来一杯茶?"

"来一杯杜松子酒,不加奎宁水,"她揉了揉下眼皮,"或者两百毫升赛琳托酒。"

我估摸着她在开玩笑,试探着说:"你知道恐龙不会允许我们给移民开酒吧的。扫描器有可能会误读你的脑化学成分,等到了珍德星,你会大醉三年不醒。"

"你还不明白吗?"她又濒临歇斯底里,"我哪儿也不去!"我实在不怪她如此失态,我此时此刻的唯一愿望就是摆脱卡马拉·夏斯特里。无论她去珍德星、回路尼斯,还是跨彩虹桥、奔奥兹国,我都不在乎,只要我不必再跟这头受折磨的野兽共处一室,不必再为一场我毫无责任的事故被迫感到内疚。

"我以为自己能做到呢。"她用两手捂住双耳,似乎不想听到自己绝望的诉说,"我白白花了两年时间说服自己:我可以躺在那儿,什么也不想……突然就到了另一个地方,一个美妙而奇异的地方。"她发出一声窒息般的哽咽，把两手插进两腿之间，"我本来打算帮人治眼睛的。"

"你做到了，卡马拉。我们要你做的一切你都做到了。"

她摇了摇头，"我没法不去想，麻烦就在这里。想着想着她就出现了，想摸我，我什么也看不见。我本来已经不想了，自从……"她声音里带着哭腔，"都怪你让我重新想起她来。"

"你的秘密朋友。"我说。

"朋友?"卡马拉好像被这两个字搞糊涂了，"不，我不会说她是我的朋友。我总是有点怕她，因为我一直不太确定她想要我做什么。"她顿了一下，"有一天我放了学，来到十楼二十三号。她坐在椅子上，看着下面的布卢尔街，背对着我。我打招呼说：'嗨，阿塞小姐。'我想给她看我写的精灵故事，可她没有回答。我就绕到前面。她的皮肤变成了灰烬一样的颜色。我拉了拉她的手，感觉就像塑料做的。她已经僵硬，不再是人了，变成了羽毛或骨头一类的东西。我赶紧跑了，我必须离开那儿。我跑回了家，再也没去见她。"

她眯起眼睛，仿佛正通过时间的镜头，观察和审视着童年的自己。"我想我现在理解她想要我做什么了。她知道自己快死了，大概希望我能在最后时刻跟她在一起，或者至少能在事后发现她的尸体，并告诉别人。但我不能那么做。如果我告诉别人她死了，我父母就会发现我们之间的事儿。也许有人会怀疑我对她做过什么，我不知道。我本来可以打电话给保安，但那

233

时我只有十岁，我怕他们万一想追查我是谁。几个星期以后，还是没有人发现她。那时候再说出来已经太晚了，大家都会怪我瞒了那么久。一到夜里，我就想象她在椅子里腐烂发黑的样子，搞得我很恶心，吃不下，睡不着。他们不得已把我送进医院，因为我接触过她，接触过死亡。"

『麦可，』耳机里传来秀莲低低的声音，这一次指甲屏并没有闪烁，『发生了不可思议的事情。』

"离开我家那幢楼我就开始好转了。后来他们发现了她。回到家以后，我努力不再去想阿塞小姐，我几乎做到了。"卡马拉抱起了双臂，"但她刚才又出现了，就在石球里面……我看不见她，但不知怎的，我知道她在伸手够我。"

『麦可，巴卡和琳娜在这里。』

"你还不明白吗？"她苦笑了一下，"我怎么能去珍德星呢？我有幻觉。"

『和谐遭到了破坏。我们单独谈。』

我忍不住想关掉耳机里烦人的嗡嗡声。

"你知道，我以前从未把她的事儿告诉别人。"

"明白，没准说出来反而是好事。"我拍拍她的膝盖，"对不起，我失陪一会儿。"她听了似乎有些意外。我迅速走进走廊，封闭了泡泡门，把她锁在里面。

"什么不可能的事情？"我一边问，一边往操控间走。

『她愿意重新扫描吗？』

"一点儿也不愿意。估计是吓破了胆。"

『我是巴卡。』我的耳机把他呜噜呜噜的恐龙语翻译成嗞啦嗞啦的人语，像煎肉的声音，『问题出在别处。我们站里不会发生事故。』

我冲过扫描中心的泡泡门。透过操控间的窗口，我看到了那三只恐龙。三个大脑袋激烈地摇摆着。"怎么回事儿？"我问。

『我们与珍德星的通信遭到了假信号的短暂干扰，』秀莲说，『卡马拉·夏斯特里已经接收成功，并且完成重组。』

"她传送成功了？"我感觉脚下有些站立不稳，"那我们这儿的这个人怎么办？"

『最简单的办法是把多余的肉体装进扫描器，并且完成……』

"有件事儿我需要告诉你们，她不会靠近那个石球了。"

『她的方程式没有平衡。』这是琳娜第一次张口。琳娜不是土伦站完全意义上的负责人，她更像是老资格的同伴。巴卡和秀莲以前否决过她，至少我这么认为。

"你们希望我做什么？扭断她的脖子？"

短暂的沉默，让人心里发毛，但更让人心里发毛的是面对他们透过窗口盯着我的目光，三个大脑袋此时一动也不动。

"不。"我说。

恐龙彼此呜噜呜噜地说着什么，三个大脑袋摇得更起劲了。一开始他们不打算翻译给我听，但是突然间，耳机里传来了他们的争论。

『我一直这样说，』琳娜说，『这些生物没有实现和谐相处，继续释放他们到其他世界是错误的。』

『你说的可能有道理，』巴卡说，『但是我们应该以后再讨论。现在需要的是平衡方程式。』

『时间不多了，我们只能自己除去多余的肉体。』秀莲露出棕色的长牙，也许五秒钟她就能扯断卡马拉的脖子。尽管秀莲是跟我们最合得来的恐龙，我仍然相信她会享受这场杀戮。

『我认为应该暂停人类的移民，我们需要时间重新思考这个世界。』琳娜说。

这是典型的恐龙式的施恩。他们貌似在彼此争论，实际上在给我阐述事实，摆明情况，好让宝宝级的智慧体也能理解。他们告诉我：第一，我正在危害人类在太空的未来；第二，无论我退不退出，等在第四接待室的卡马拉已经死了；第三，方程式必须平衡，而且只能是现在。

"等等，"我说，"也许我能说服她重回扫描器。"我必须摆脱他们。我揪出耳机，丢进衣袋，逃离了扫描中心。因为太匆忙，我在走廊绊了一跤，不得不停下来。我在原地站了片刻，盯着撑在舱壁上的那只手，感觉五根指头离自己遥不可及，好像我在隔着颠倒的望远镜观察。我已经远离了我自己。

她蜷缩在沙发上，双臂把膝盖紧紧抱在胸前，好像要缩成别人注意不到的样子。

"我们都安排好了，"我轻快地说，"保证你在石球里的时间不超过一分钟。"

"不，麦可。"

我能真实地感觉到自己正远离土伦站。"卡马拉，你在浪费掉生命中的很大一部分。"

"这是我的权利。"她两眼闪闪发亮。

不，不对。她是多余的肉体，她没有权利。她自己是怎么形容死去的老太太的？她变成了骨头一类的东西。

"好吧，那么，"我用僵硬的指头戳了戳她的肩膀，"我们走吧。"

她朝后缩了缩，"去哪儿?"

"回路尼斯。我为你备好了太空船，刚把别人赶下去。本来我下午要去安顿他们的，却被你绊住了手脚。"

她慢慢舒展开身体。

"快走!"我一把将她拽下沙发，"恐龙希望你马上从土伦站消失，我也一样。"我离卡马拉·夏斯特里如此的遥远，已经看不见她了。

她点点头，任我拉着她走向泡泡门。

"不管在走廊遇到谁，闭上你的嘴。"

"你说话真难听。"她哑着嗓子小声说。

"你还真把自己当宝宝了。"

气闸舱的内门徐徐地开启，她马上意识到没有连接太空船的系带。她想挣开我的手掌，但我用肩膀狠狠将她一顶。她飞过气闸舱，后背砰的一声撞在外门上，又反弹回来。我猛地按下开关，关上了内门，就在这一刻，我又回到了自己身上。这是一件可怕的事情，是我干的，麦可·伯尔。我抑制不住地笑了，笑出了声。内门关闭前的一瞬，我看见卡马拉正在地上挣扎，拼命朝我爬来，但是她来不及了。我很惊讶她这次没有尖叫，我只听到了粗重的喘气声。

　　内门刚一封闭，我便打开了外门开关。毕竟这里是太空站，能有多少种杀人方法呢？这里又没枪。换了别人，也许会用刀刺，或者掐死她，但我不会。也许下毒好一点儿？除此以外我没想过别的方法，我一直在拼命不让脑子去想自己在干什么。我是研究智慧体的，不是医生。我早就知道暴露于太空之中意味着瞬间死亡，所谓爆炸性减压之类的。我不希望她受折磨，我努力让事情尽快结束，没有痛苦。

　　我听见嗤的一声，这是空气在泄出，看来还真是那么回事儿，尸体已经飞进了太空。我其实已转身要走了，突然传来了咚咚的声响，一阵紧似一阵，就像心脏在狂跳。她一定找到了什么称手的家什。"咚，咚，咚！"真让人受不了。我笑瘫在内门上，慢慢滑坐在地。"咚，咚！"结果证明，如果你暴露在太空之中，只要清空肺里的空气，至少可以多活一分钟，也许两分钟。"咚！"我觉得这事儿太好笑了，应该说滑稽才对。我已经为她尽了最大的努力，拿我的职业生涯冒险，她就这样报答我吗？我把脸皮紧贴住内门，咚咚声已经变弱。我们之间只隔着几厘米，这就是生与死的距离。这下她完全明白平衡方程式是什么意思了，我越想笑得越凶，差点儿没背过气去，也变成门边的一坨死肉。死就死了吧，你个贱货可怜鬼！

不知道过了多久，咚咚声慢了下来，静了下来。那么我便成了英雄。我维护了和谐，保住了与外星世界的联系。一丝得意挂上了我的嘴角，我可以像恐龙一样思考了。

我穿过泡泡门，来到第四接待室。"该登船了。"

卡马拉已经换上了紧身衣和便鞋。墙上至少开了十个对话窗，搞得满屋子都是喋喋不休的人头。亲朋好友肯定得到信儿了，他们的英雄已经平安归来。"我得走了，"她对着墙说，"我一到地球就给你们打电话。"

她对我露出僵硬的微笑，似乎多年不曾笑过了。"我要再次对你表示感谢，麦可。"我很想知道移民要多久才能做回人类。"你帮了我的大忙，我实在是……控制不了自己。"她最后环视了一遍房间，颤声说："我真的很害怕。"

"我知道。"

她摇了摇头："我有那么差劲吗？"

我耸了耸肩，带她来到走廊。

"我现在觉得自己挺傻的。我指的是，我在石球里待了不

239

到一分钟，很快，"她打了个响指，"就身在珍德星了，你说的一点儿没错。"我们并肩而行，她的身体触碰到了我，隔着紧身衣，可以感觉出她肌肉的僵硬。"不管怎样，很高兴有机会跟你聊。我回来的时候还真的想过见你一面呢，没想到在这儿就见到了。"

"我决定留在这儿。"气闸舱的内门徐徐地开启，"我已经干习惯了。"土伦站与太空船正在平衡彼此的气压，系带跟着一阵阵地颤抖。

"还有移民在等你吧?"她问。

"两位。"

"我挺羡慕他们的。"她转向我，"你想过去外星吗?"

"没想过。"我说。

卡马拉把手放在我的脸上。"一旦迈出这一步，一切都不一样了。"我能感觉到她锋利的长指甲，不如说是利爪。有那么一瞬我以为，她想在我脸上留下她那样的刻痕。

"我知道。"我说。

原创小说征稿启事

长期有效

《银河边缘》编辑部

《银河边缘》系列丛书是由东西方科幻人联手打造的科幻文库，致力于展示国内外优秀的科幻小说。与此同时，我们每年将推选六部中文原创作品，翻译并发表在美国版《银河边缘》（GALAXY'S EDGE）杂志上。

在此，我们向国内广大原创科幻作者约稿。

我们以"惊奇、畅快"为原则，着力呈现中外科幻名家及新人作者的短篇、中篇佳作，展示更具野心的科幻作品，呼唤长篇时代的到来。

欢迎加入《银河边缘》QQ写作群 → **854881027**

| 投稿邮箱 | - tougao@8light-minutes.com
             - sf-tougao@newstarpress.com

| 邮件格式 | - 作品名称+作者名

| 字　　数 | - 不限【1.2万字以内的短篇佳作将有优先翻译发表的机会】

| 稿　　费 | - 150～200元/千字，优稿优酬

| 审稿周期 | - 初审15个工作日回复（长篇除外）

| 审稿标准 |

· 想象力：这是科幻小说的核心与灵魂，也是审稿的首要标准。

· 代入感：作者通过剧情、人物等元素，使小说易读，令读者沉浸其中。

· 剧情逻辑：在人物动机、事件逻辑上没有明显漏洞，不会让读者"跳戏"。

· 技术细节：非常欢迎，但不强求。

· 辨识度：作品带有独特的气质，能在诸多稿件里脱颖而出。

| 注意事项 |

· 务必保证投稿作品为本人原创，从未发表于任何平台。

· 切忌一稿多投。

· 小说请以附件的形式发送邮箱，注意排版，合理分段。

· 请在邮件末尾提供个人联系方式，如真名、QQ、手机等。

图书在版编目（CIP）数据

时空画师 / 杨枫主编 . ——北京：新星出版社，2022.4（2023.10重印）
（银河边缘）
ISBN 978-7-5133-4862-1

Ⅰ．①时… Ⅱ．①杨… Ⅲ．①幻想小说–小说集–世界–现代 Ⅳ．①I14
中国版本图书馆CIP数据核字(2022)第046658号

银河边缘
时空画师

杨　枫　主编

责任编辑：施　然
监　　制：黄　艳
责任印制：李珊珊
装帧设计：冷暖儿　张广学

出版发行：新星出版社
出 版 人：马汝军
社　　址：北京市西城区车公庄大街丙3号楼　100044
网　　址：www.newstarpress.com
电　　话：010-88310888
传　　真：010-65270449
法律顾问：北京市岳成律师事务所

读者服务：010-88310811　service@newstarpress.com
邮购地址：北京市西城区车公庄大街丙3号楼　100044

印　　刷：北京天恒嘉业印刷有限公司
开　　本：787mm×1092mm　　1/32
印　　张：7.875
字　　数：150千字
版　　次：2022年4月第一版　　2023年10月第三次印刷
书　　号：ISBN 978-7-5133-4862-1
定　　价：48.00元